Diário de uma Pestinha

Diário de uma Pestinha

VIRGINY L. SAM

Ilustrado por MARIE-ANNE Abesdris

Tradução
Maria Inês Coimbra Guedes

1ª edição

GALERA
—*junior*—
RIO DE JANEIRO
2018

CIP-BRASIL. CATALOGAÇÃO NA PUBLICAÇÃO
SINDICATO NACIONAL DOS EDITORES DE LIVROS, RJ

S178d

    Sam, Virginy L.
       O diário de uma pestinha / Virginy L. Sam ; ilustração Maria Inês Coimbra Guedes. - 1. ed. - Rio de Janeiro : Galera Record, 2018.
       il.

    Tradução de: Journal d„une peste
    ISBN 978-85-01-11400-6

      1. Ficção infantojuvenil brasileira. I. Abesdris, Marie-Anne. II. Guedes, Maria Inês Coimbra. III. Título.
17-46841

CDD: 028.5
CDU: 087.5

Copyright © 2015 por La Martinière Jeunesse uma divisão de La Matiniére Groupe, Paris

Todos os direitos reservados.
Proibida a reprodução, no todo ou em parte, através de quaisquer meios.
Os direitos morais dos autores foram assegurados.

Texto revisado segundo o novo Acordo Ortográfico da Língua Portuguesa.

Direitos exclusivos desta edição reservados pela
EDITORA RECORD LTDA.
Rua Argentina, 171 - Rio de Janeiro, RJ - 20921-380 - Tel.: 2585-2000.

Impresso no Brasil

ISBN 978-85-01-11400-6

Seja um leitor preferencial Record.
Cadastre-se e receba informações sobre nossos
lançamentos e nossas promoções.

Atendimento e venda direta ao leitor:
mdireto@record.com.br ou (21) 2585-2002.

Eu sou FAFINHA

Não sei a opinião de vocês, mas, fala sério, a vida é ~~monótona~~ pra caramba. ☹ Quero dizer, se a gente se contenta em fazer as coisas de acordo com as **REGRAS**, as coisas que se deve fazer, as coisas **AUTORIZADAS**.

E olha que isso é só uma amostra de tudo o que a gente ouve ao longo do dia! Eu poderia encher dez cadernos só com as proibições desanimadoras que ouvi em minha curta vida.

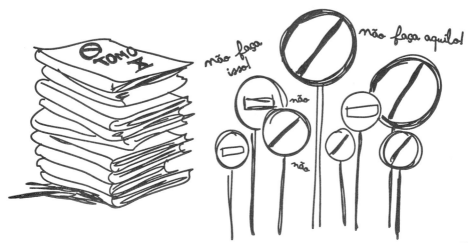

Se a gente pensar bem, para os pais, a educação consiste em duas coisas:

REPETIR mil vezes os mesmos conselhos idiotas, **e PROIBIR** tudo o que poderia tornar a vida mais divertida.

E pensar que a maioria das crianças se sujeita a essas regras de educação sem chiar, e segue todas essas instruções deprimentes ao pé da letra...

Não me surpreende que o mundo seja povoado de adultos depressivos e **Psicopatas!**

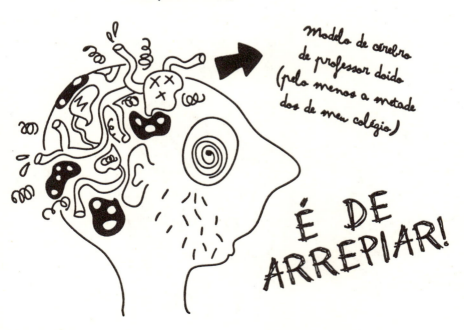

Modelo de cérebro de professor doido (pelo menos a metade dos de meu colégio)

É DE ARREPIAR!

♡ <u>EU,</u> decidi pela

RESISTÊNCIA
com A de Ⓐnarquia!

Não tenho nenhuma vontade de ser educada, nem de fazer tudo direitinho e ser gentil com todo mundo. nã na ni na não

---

Vocês sabem como é uma menina boazinha?
Pois bem, eu sou o contrário.

Uma verdadeira PESTINHA

como diz minha mãe.

Mas **atenção** ⚠ não é bem assim:
BUUM 💣 SER UMA PESTINHA o tempo todo não é fácil.
É preciso RIGOR e método. E, a fim de guardar as provas de todos esses heroicos esforços para deixar a vida menos chata, é melhor fazer uma espécie de diário.

(E eu, de tanto praticar, tenho algumas **manhas** e **dicas** muito úteis a dar.)

Mas, antes de continuar, peço que assinem por favor a Carta de Pertencimento à Confraria das Pestinhas.

↳ Páginas seguintes!

Fafinha B. (12 ANOS)
👍 Curtir

CARTA DE PERTENCIMENTO À
Confraria das Pestinhas

Se você também pensa que:

✘ O mundo é HORRÍVEL se a gente faz tudo para ser perfeito.

✘ Ser você mesmo é ousar NÃO fazer necessariamente como todo mundo.

✘ Se ser você mesmo é ser diferente, é PRECISO ousar ser diferente.

Então
BEM-VINDO
à
Confraria das Pestinhas!

FICHA DE ADESÃO À
Confraria das Pestinhas

Eu, ...

(escreva seu nome na linha pontilhada)

me comprometo a:

☑ sempre dizer e assumir aquilo que penso DE VERDADE sobre as coisas e as pessoas (mesmo se não for algo muito bonitinho)

☑ respeitar e defender qualquer pessoa que, como eu, diz e assume o que pensa DE VERDADE sobre as coisas e as pessoas (mesmo se não for algo muito bonitinho)

☑ nunca usar como modelo uma pessoa que faz **TUDO** o que lhe dizem para fazer, nem uma pessoa perfeita demais.

☑ assumir meu estatuto de **PESTINHA** junto a minha família, minha turma e todos os grupos de pessoas de que faço parte.

Como assinatura, deixe pingar aqui uma gota de seu sangue (ou uma cuspida)

No início, comecei a escrever um diário como todo mundo, contando o que eu fazia todos os dias, as coisas legais e as não legais. Mas logo, logo escrever um diário como todo mundo ficou chato. Aliás, como todas as outras coisas que a gente faz como todo mundo.

Então, encontrei uma fórmula mais DIVERTIDA.
Contar, tudo bem, mas queria, principalmente, dar ideias e dicas para aperfeiçoar a técnica de ser PESTINHA
Na qualidade de presidente da Confraria das Pestinhas, devo isso a meus caros membros. ♡

Uma maneira diferente de fazer um diário sem renunciar a quem eu sou de verdade: UMA VERDADEIRA PESTINHA!

E SER UMA PESTINHA É UMA ARTE!

16

TENHA UMA BOA LEITURA

Quando decidi escrever um diário, tive uma ideia óbvia:

Não vou escrever **MEU DIÁRIO** num caderno vagabundo, pequeno, quadriculado, de 76 folhas!

É MUITA DERROTA!

Para escrever um diário, é preciso um caderno que tenha um mínimo de classe, que seja CHIQUE, BONITO, ÚNICO, tão especial quanto tudo o que a gente vai escrever ali dentro.

Charly, meu melhor amigo desde o 6º ano, me disse que conhecia uma PAPELARIA antiga onde eu encontraria a felicidade.

Na quarta-feira ao meio-dia, depois do colégio, ele me levou até lá.

Charly é muito maneiro!

Essa loja deve ter no mínimo **100 ANOS!**
A prova está na vitrine: uma magnífica coleção de canetas-tinteiro nacaradas com pena de OURO (o tipo da coisa que não se faz mais!)

Charly me mandou parar de reclamar e ir ver a outra vitrine.

E foi aí que eu o vi, num canto, como se estivesse abandonado: um caderno GRANDE com capa de tecido amarelo, amarrado por uma fita preta e branca.

No instante que meus olhos o viram, eu soube que seria ELE

Não sei se se diz *paixão fulminante* no caso de uma menina que fica *totalmente apaixonada* por um caderno, mas foi o que aconteceu comigo. Charly insistiu para entrarmos e vermos os outros modelos dentro da loja, mas eu estava paralisada ali, completamente hipnotizada pelo caderno.

PROBLEMA: o caderno custava 12 euros, e eu gastara toda a mesada em faixas de cabelo (o único acessório de menina que eu uso regularmente).

QUE MISÉRIA!

Não tinha nem mais um euro no bolso, portanto! E, no entanto, era **impossível** me imaginar escrevendo meu diário em qualquer outra coisa que não fosse **AQUELE** caderno.

Então, sem tirar os olhos do caderno, liguei para minha mãe, que trabalha a algumas quadras dali em sua floricultura, e pedi para ela vir me encontrar **com urgência**.

rápido, mãe! é urgente!

É urgente! O que foi? Você se machucou? Está bem? É grave?

Hipergrave!

Para obrigá-la a vir mais rápido, desliguei sem responder, e deu certo: **ela chegou correndo, em apenas 4 minutos e 22 segundos** (eu cronometrei).

Ela me abraçou, como se eu voltasse do mundo dos mortos, depois assumiu um ar **superpreocupado** e me perguntou o que havia acontecido.

Ela ficou muda um segundo, depois gritou com aquela voz aguda de quando está furiosa:

Tudo bem, ela vende flores... Não é exatamente como trabalhar na emergência de um hospital. As pessoas podem esperar um pouco para comprar suas tulipas!

Parecia até que ela preferia que tivesse acontecido alguma coisa grave comigo. De toda forma, nesse caso, ela não ficaria nervosa.

Ficar calma... Se controlar... Manter o sangue-frio...

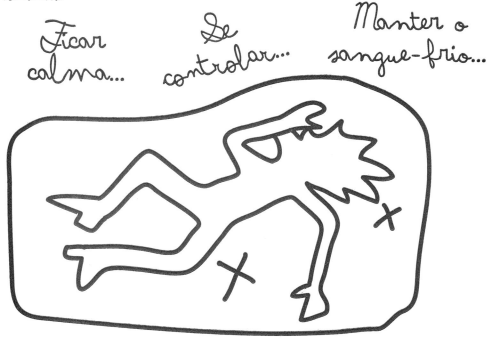

O famoso self control!

Os pais são realmente pessoas BIZARRAS!

27

Tenho a impressão de que NINGUÉM me apoia NUNCA no que eu faço.

No dia em que Eva (minha irmãzinha de 5 anos) quis começar a usar massinha de modelar, minha mãe comprou pra ela uma **CAIXA GIGA DE 29 EUROS** com todas as cores do mundo. Ninguém perguntou se ela tinha intenção de brincar durante duas horas ou 25 anos! Quando sou eu, por um **SIMPLES CADERNO DE 12 EUROS**, me dizem **NÃO!** e ainda me chamam de louca.

QUE ABUSO!

Em seguida, minha mãe virou as costas e foi para a loja GRITANDO:

> E depois, eu conheço você, vai escrever duas páginas e parar, COMO SEMPRE!

É uma loucura como meus pais pensam que sou um **zero** à esquerda

↓↓↓

Uns dias atrás, meu pai dizia que eu falava demais para dizer só coisas INTERESSANTES.

Genial! Obrigada paizão!

E agora é minha mãe que pensa que eu sou alguém que começa um monte de coisas e não termina nunca.

Genial de novo! Obrigada, vida!

Bem, confesso que nunca terminei o cachecol que eu tinha começado a tricotar quando minha avó Mamina me ensinou o ponto jersey. Mas, cá entre nós, fazer tricô é tão repetitivo!

Mais chato,* impossível!

"Um ponto direito, um ponto do avesso, uma laçada e começa tudo de novo..."

*(Exceto, talvez, os filmes de caubói que meu pai compra em DVD e obriga todo mundo a assistir no sábado à noite!)

E, além do mais, experimentar muitas coisas tem vantagens, como diz **VOVÔ GASTON**:

Assim, você vai morrer menos burra.

eXATAMENTE!

PESTOLUÇÃO ÚTIL Nº 1

(Todas as resoluções úteis deste livro foram homologadas pela Confraria das Pestinhas e trazem, portanto, o título honorífico e o selo pestolução.)

Jamais dizer a nossos pais as coisas que temos intenção de fazer. Assim, não corremos o risco de ser criticados se desistirmos antes do fim.

(Mudar de ideia é humano! É, sim!)

De noite, na hora do jantar, minha mãe contou a meu pai o que ela chamou de "incidente do dia". Expliquei a papai que eu tinha absoluta necessidade daquele caderno, que era quase uma **QUESTÃO DE VIDA OU MORTE** e que, se eles se recusassem a me dar, eu não lhes dirigiria a palavra até o final do ano.

Meu pai me encarou, como se eu tivesse pedido uma Ferrari, e depois disse: *"Não converso com pessoas mimadas"*, então mudou de assunto e falou do próprio trabalho, como sempre.

Quando Eva rola pelo chão na padaria por causa de uma bala que ela ama, meus pais dizem que ela está aprendendo a lidar com a frustração, mas quando sou eu implorando, uma vez na vida, por um caderno BONITO, sou **MIMADA**.

32

Bem, se eu quisesse aquele caderno (e eu queria muito!), ia ter que ser sagaz.

E foi vendo Eva cutucar o dente da frente, que está mole há semanas, que encontrei a solução.

Propor um negócio a Eva.

Ela puxa o DENTE para ver se cai, depois rola pelo chão exigindo o CADERNO AMARELO da vitrine como presente para o ratinho, e, em troca do caderno, dou o que ela quiser de meu quarto.

A maior sorte: minha irmãzinha não acredita mais no ratinho desde o dia em que minha mãe tropeçou no castelo da Barbie quando ia deixar uma moeda debaixo de seu travesseiro.

Não acreditar mais no ratinho = GRANDE DECEPÇÃO para Eva, pois ela tinha a intenção de domesticá-lo para ganhar uns trocados todas as noites.

CHEIO

Diante do negócio que eu propunha, Eva hesitou um pouco e depois aceitou:

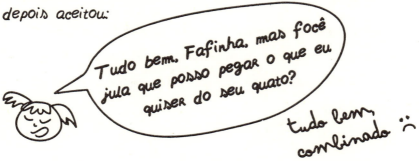

Eu jurei, e ela arrancou o dente de uma vez só, sem choramingar, sem nem ao menos se impressionar com o sangue que escorria de sua boca. (Essa menina é surpreendente às vezes!)

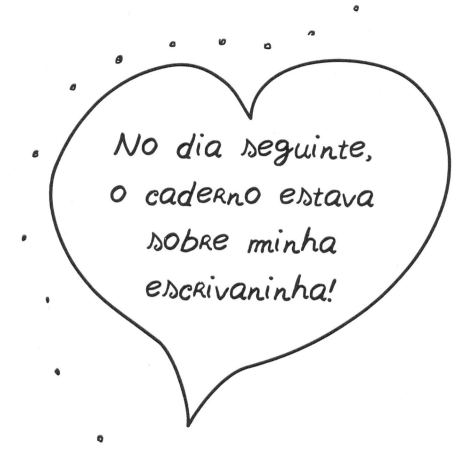

Único pequeno imprevisto: dentre as toneladas de coisas de meu quarto, Eva escolheu a de que eu mais gosto: **minha luminária de bolhas vintage!** Gosto de olhar para ela, isso me acalma quando estou nervosa.

E eu que jurava que, com aquele gosto de bebê, ela escolheria o pote de giz de cera do Scooby-doo (brinde do pacote de cereais), minha almofada de flores grandes ou o pôster do Robert Pattinson (porque não tem idade certa pra achar que ele é bonito!) Mas minha luminária de bolhas!

Como eu havia jurado, tive que dar, mas fiz de tudo para não demonstrar meu **NÓ NA GARGANTA** (se eu quiser ter uma chance de recuperar minha luminária, preciso ser esperta).

Minha luminária de bolhas? Tem certeza, Eva? Ela não tem **NADA DE MAIS**, e depois, francamente, as bolhas têm formas **BIZARRAS**, além do mais o produto que tem dentro, para mim, é **TÓXICO**...

Mas não adiantou nada. Que mula aquela ali, vou te contar.

De todo jeito, ganhei MEU CADERNO!!

YEEEES! VITÓRIA!

40

Antes de começar a escrever, decidi encontrar **UM ESCONDERIJO** para ele. Um lugar seguro onde ninguém se arriscaria a meter o bedelho. Porque em minha casa, entre **minha mãe, que é uma fuxiqueira** (ela bisbilhota as gavetas de minha escrivaninha quando estou no banho), e **Eva, que pensa que meu quarto é um anexo do dela**, não é fácil manter um segredo.

Aliás, para minha mãe perceber que **não se espiona os membros da própria família**, de tempos em tempos eu faço algumas **SURPRESINHAS...** ➡ ➡ ➡ ➡

Por aqui...

Bilhetinhos para esconder

Olá. O que está fazendo em MEU quarto?

Vida privada, sabe o que é isso?

Se está procurando alguma coisa específica, melhor perguntar pra mim, vai ser bem mais rápido!

Não vale a pena se cansar, meus segredos estão muito bem guardados. SINTO MUITO!

Acrescentar um P. S. no fim de cada bilhetinho: "A propósito, comprei um revelador de impressões digitais do CSI Miami. VOCÊ ESTÁ FRITA!"

no quarto para pais fuxiqueiros

Sua vida deve ser chata DE VERDADE para vir fuxicar no quarto dos outros.

Se sua vida é chata a esse ponto, por que não vai se tratar...

DÊ O FORA DE MEU quarto, IMEDIATAMENTE!!

conclusão

Em geral, durante alguns dias, o pai ou a mãe bisbilhoteiro não tem coragem nem de te olhar nos olhos de tanta vergonha de ter sido apanhado em flagrante delito!

Ontem, na volta do colégio (estou no 7º ano), eu mal havia largado a mochila na entrada e tirado a jaqueta, e minha irmãzinha, Eva, veio para cima de mim com uma fúria incrível:

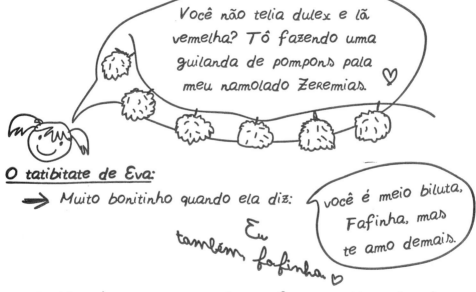

Você não telia dulex e lã vemelha? Tô fazendo uma guilanda de pompons pala meu namolado Zeremias. ♡

O tatibitate de Eva:

→ Muito bonitinho quando ela diz: Você é meio biluta, Fafinha, mas te amo demais.

Eu também, fafinha. ♡

→ Mas é um porre quando ela faz uma birra do gênero:

Eu quelo plesunto! Porque o plesunto é o que eu plefilo comer! Plesunto! Plesunto!! Plesunto! Plesunto!...

× 1000

Desejo de matar

Eva passa a vida fabricando objetos toscos e perfeitamente inúteis para suas paixonites.
Porque está SEMPRE apaixonada... mas nunca pelo mesmo fedelho. Então, a cada paixonite, recomeçam as sessões de arte criativa duvidosa à base de massinha, pedaços de pano velho, potes vazios de iogurte ou rolos de papel higiênico.

Eva só tem 5 anos, mas tenho certeza de que, se a gente contasse os carinhas que abalaram seu coraçãozinho desde o maternal, ficaríamos surpresos com a quantidade.

Eu, pessoalmente, não estou nem aí pro fato de Eva ser uma colecionadora de LOVES. A chatice é que, a CADA VEZ que ela menciona uma nova conquista, tenho que ouvir (de minha mãe, ou de meu pai, ou dos dois ao mesmo tempo) o mesmo comentário desagradável:

"E você, Fafinha? Você nunca fala nada de seus namoradinhos." Em geral, eu me levanto, revirando os olhos e vou para o quarto, o único lugar nesse apartamento onde posso ficar tranquila DE VERDADE.

É verdade, nunca me apaixono. E daí? É isso mesmo.

Tirando Théo, que conheci no Despertar musical há um século no mínimo, jamais fiquei caidinha por um menino..

O pandeiro e as maracas aproximam as pessoas!

Percebam que, talvez, seja para equilibrar a família: minha irmã traz todos os melequentos que ela encontra no recreio, e eu, NINGUÉM.

Ao mesmo tempo, para eu **me apaixonar**, precisaria aparecer o objeto de meu amor, e não são garotos como **Kevin**, **Jonas** ou **William** que vão despertar algo em mim!!

48

No maternal, eu quase tive um rolo com Carlos Ruez. Infelizmente, quinze dias depois do início das aulas, ele voltou para o México. Falta de sorte.

Adiós mi amor

No handball **no ano passado**, eu gostava de Vincent (o goleiro mais lindo que a Terra já produziu), até o dia em que compreendi que o cheiro infecto do vestiário dos meninos vinha de sua mochila: ele levava sempre um lanche com queijo camembert para depois do treino. Digamos que os queijos e eu não somos os melhores amigos do mundo!

Menina linda e cheirosa / Queijo camembert fedorento
COABITAÇÃO IMPOSSÍVEL!

Então, não tive nada sério, de verdade, nem mesmo suscetível de constar nos registros. *uma legítima vida amorosa de marmota!*

Dando uma olhada a minha volta, hoje seria Charly. Mas ele é MEU MELHOR AMIGO, e eu não posso me apaixonar por um amigo, senão não seria mais um amigo, e eu gosto demais de Charly como amigo.

Charly = meu superamigo
+ + +

Ou então, no máximo, Pascal. Ele é legal e, além disso, um cavalheiro. Ele abre as portas e sempre deixa as meninas passarem na frente, e isso é o que eu chamo de ter classe. Mas o grande problema com Pascal é que ele é, NO MÍNIMO, 10 CM MENOR QUE EU!

E isso é ELIMINATÓRIO!

É IMPOSSÍVEL, pra mim, sair com um garoto MENOR que eu, por uma RAZÃO muito simples: eu mesma me proibi desde que vi as fotos de Amelinha e Bento na Internet.

AMELINHA ♡♡ BENTO

Minha prima do Sul, Amelinha, sai há alguns meses com Bento. Ele é fofo, tudo bem (é vagamente parecido com Justin Bieber), mas é quase uma cabeça menor que ela. Resultado, quando ela usa salto alto (e ela usa o tempo todo, desde que a mãe autorizou), Bento bate na altura de seu sovaco.

Nem precisa dizer que eles são absolutamente ridículos um ao lado do outro. E nem se fala dos comentários no Instagram, do gênero:

"Ah, este é Dalton!"

"É seu irmãozinho?" essa é fácil

"O que é prático é que, se Bento tiver piolhos, você será a primeira a saber, Amelinha. Morta de rir." hahaha

Enfim, UMA VERGONHA.

CONFESSO que: um dia, usei o Instagram de minha amiga Linda para deixar um comentário numa foto melosa. Sem que eles soubessem, é claro...

mea Culpa!

Atenção, tem um anão de jardim infiltrado em sua selfie!

às vezes, fico rindo sozinha disso! ha ha!

ADIVINHAÇÃO

Chamam a salsicha coquetel de minissalsicha. Então, podemos chamar um minicara de cara-coquetel? É uma pergunta e tanto, não acham?

Voltando a meu caso, se por enquanto eu não me apaixonar, não ligo a mínima, porque já tenho um homem em minha vida:

MEU VOVÔ GASTON

O homem ideal

Maravilhoso

Perfeito

Top

Com ele, eu **nunca** me aborreço, me divirto **loucamente** e, com ele, eu posso falar de **absolutamente tudo**, ele sempre me compreende.

É ainda melhor que um namorado.

E se eu fosse mais velha, ou ele mais novo (ele tem 84 anos!), e já não tivesse se casado com minha avó, talvez um dia, eu o pedisse em casamento. Quem sabe?

VOVÔ GASTON e eu temos aproximadamente 3000 pontos em comum.

Mas os dois principais são:

JOGO DE XADREZ...

time do vovô Gaston — time de Docinho

E a **PESTOTERAPIA** (método de luta contra o tédio, aperfeiçoado pela presidente da Confraria das Pestinhas: EU).

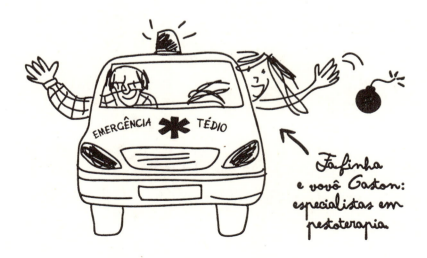

Fafinha e vovô Gaston: especialistas em pestoterapia

1. JOGO DE XADREZ

Quando fiz **10 anos**, vovô Gaston me convidou para comer um bolo enorme com ele (inventei para minha mãe que estava com dor de dente e faltei três horas de aula do turno da tarde), e ele me deu de presente:

MEU PRIMEIRO JOGO DE XADREZ, SÓ MEU!

As peças são sinistras, de madeira envernizada, e as rainhas usam coroas douradas. **Lindas demais!**

VOVÔ GASTON me ensinou a jogar xadrez quando eu tinha 6 anos. Desde então, a gente joga quase sempre que se vê, principalmente depois que ele foi para a **casa de repouso**. Ele diz que os outros hóspedes estão com o miolo mole, e que, se for para ganhar deles de lavada, prefere nem jogar.

"Você ao menos não é nada fácil, meu docinho!"

2º A Pestoterapia

Vovô Gaston chegou ao Refúgio das Sereias, uma casa de repouso a 5 km de onde eu moro, há dois anos. Um dia, ele caiu na rua e quebrou o quadril. Depois disso, passou a usar um andador para caminhar, por esse motivo veio morar no Refúgio das Sereias. (A gente continua sem saber se o nome vem das sereias do tipo mulheres-peixes, ou das sirenas, ou seja, as sirenes de ambulância ou bombeiro).

Aqui, vovô diz que se sente bem, que "a boia é boa".

EXPRESSÃO DA PRÉ-HISTÓRIA!

Mais guloso que ele, eu nunca vi!

E que, na sua idade, é isso que importa. Além do mais, ele mora muito mais perto de minha casa que antes, a gente se vê mais vezes. **EBAA!**

Cada vez que vou lá, primeiro a gente joga uma partida de xadrez bebendo xarope de orchata, e depois procura umas ideias malucas para tornar mais divertida a vida no **Refúgio das Sereias**.
Mas SHHHHHH... é TOP SECRET
Ninguém sabe (nem mesmo Charly, para quem eu conto muitas coisas pessoais)!

Boa ideia, vovô, essa de colocar uma bomba fedorenta na máquina de lavar roupa da casa de repouso!

Depois de nossas últimas armações (verdadeiros achados francamente muito engraçados), estamos pensando em escrever um **Guia de brincadeiras para casas de repouso**. (Com certeza seria um best-seller entre os velhinhos de mais de 80 anos!).

EXEMPLO: numa noite dessas, na hora do jantar, colocamos umas minhocas catadas no jardim nas garrafas transparentes de água.

Foi um **PÂNICO** geral no refeitório quando os funcionários de plantão entraram! Enquanto isso, vovô e outros velhinhos rolavam de rir. Uma senhora quase perdeu a dentadura de tanta risada que deu (parabéns aos especialistas em pestoterapia!).

Dona Crispina, a diretora do estabelecimento, não gostou nem um pouquinho e continua procurando o culpado por essa

"PALHAÇADA"... hi hi!

Imaginem que ela até agora não encontrou os malandros que **mudaram os números dos quartos nos pares de sapato que tinham acabado de chegar do sapateiro!** Foi uma gargalhada memorável quando o senhor Belon, que está um pouquinho gagá, chegou para o bingo com os sapatos de saltinho da senhora Mayet. Eu achei que ia fazer xixi nas calças de tanto rir. Ainda tenho a foto no celular, preciso me lembrar de imprimir para vovô Gaston.

que lindos sapatos, senhor Belon! ha ha

DE MORRER DE RIR!

PESTOLUÇÃO ÚTIL Nº 2

Nunca parar de aprontar todas, mesmo quando ficar muito, muito velho.

(Não há limite de idade para ROLAR de RIR!)

ALÉM de ter me ensinado a jogar xadrez como uma profissional (no mínimo, eu poderia ser campeã de um município ou de um estado.),

Vovô Gaston

me ensinou muitas coisas geniais sobre a VIDA.

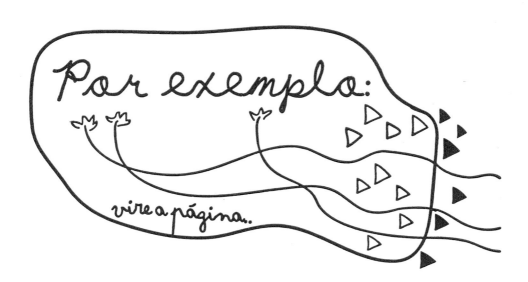

Por exemplo:

vire a página...

Minha mãe diz que tudo que sai da boca de Gaston é **bobagem**. Que ele jamais cuidou dela quando era pequena, que seria melhor ele parar de me empanturrar de asneiras e deixar de exercer essa influência negativa sobre mim. Cada vez que se fala de **VOVÔ GASTON**, mamãe fica furiosa e com as bochechas vermelhas.

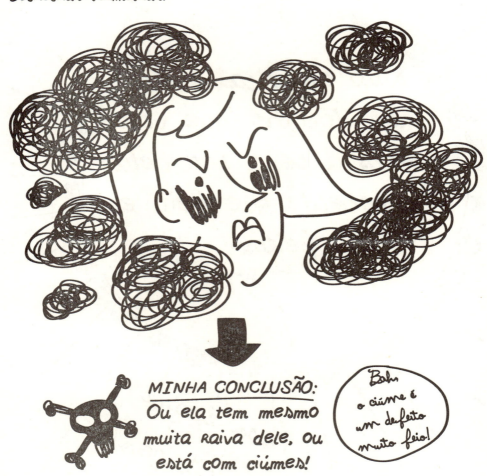

MINHA CONCLUSÃO: Ou ela tem mesmo muita raiva dele, ou está com ciúmes!

Bah, o ciúme é um defeito muito feio!

Eu, em todo caso, quase sempre concordo com ele. (Menos quando diz que antes o mundo era melhor, blá-blá-blá. Não sou fã de nostalgia e saudosismo)

EU GOSTO DEMAIS DELE.
Ele é um pouco como meu duplo.
Meu gêmeo.

UMA VERDADEIRA PESTINHA EM VERSÃO MASCULINA!

E velha!
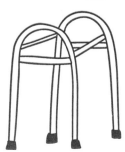

No que diz respeito a agarrar a vida com as duas mãos para ela não fugir (porque ela passa rápido demais, blá-blá-blá...), é graças a **VOVÔ GASTON** que tenho consciência de que é preciso estar sempre atenta, pois como ele diz::

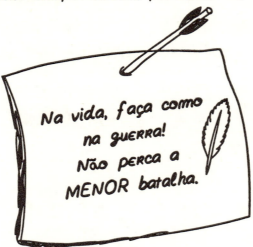

Na vida, faça como na guerra! Não perca a MENOR batalha.

Para não ser derrotado pela vida (e não perder nenhuma batalha, blá-blá-blá...), comece fazendo balanços regulares do que acontece com você, do gênero rever tudo e ajustar o foco.

<u>OBJETIVO</u>: não repetir os próprios erros, eliminar ao máximo as coisas desagradáveis e se concentrar no essencial da vida: ser a pessoa que a gente tem vontade de ser, e ninguém mais.

Seja VOCÊ MESMO, as outras pessoas já estão ocupadas!

Porque a vida, se a gente prestar bastante atenção, é um pouco como uma foto: se você não ajustar o foco, vai ficar embaçado. FLOU.

(Que doido isso que escrevi agora!)

Montar um quadro com coisas que aconteceram com você.

Depois, fazer as contas, e ver se o período valia a pena ser vivido... Fazer isso sempre que for necessário.

Coisas boas

- Pizza aos quatro queijos entregue por um carinha parecido com Orlando Bloom. hummm!

- O gato de minha irmã, que caiu na privada. Eca!

- O sonho que eu tive na quarta-feira. Não vou contar, é pessoal.

- Partida de xadrez com vovô Gaston. Dessa vez, pelo menos, eu ganhei! YES!

BALANÇO

4 COISAS BOAS/ 7 COISAS RUINS

Semana ruim, a ser apagada da memória.

Pode me emprestar a borracha?

de um lado, as boas e do outro, as coisas ruins.

Coisas ruins

- Minha nota em Artes Plásticas (O professor não entendeu por que eu pintei uma beterraba quando o enunciado pedia para "desenhar um membro da família". Bem se vê que ele não conhece meu primo Paulo!)

- O blusão que minha mãe comprou pra mim na feira. (Ela que corra atrás de mim para tentar me fazer usá-lo!)

- A bronquite de Eva, que não me deixou dormir três noites seguidas. Mais uma noite dessas e eu sufocava a menina com o travesseiro! buááá

- A festa de aniversário organizada por Lola. Nunca me aborreci tanto na vida e, além disso, gastei 9 euros num presente.

- A sopa de nabo de minha mãe. (Terça-feira de noite e, como sobrou, quarta de noite também!)

- O cartaz "Fale mais baixo. Obrigada!!" que a diretora do colégio colou na fila da cantina. Parece que eles querem alunos mudos nos colégios!

- A aula de esportes de sexta-feira, com prova de resistência na chuva (O professor é um verdadeiro sádico. Ele estava de capa.)

73

Bebê Bonsai

Enquanto eu sou superboa em matemática (fala sério, você memoriza três fórmulas, pensa um pouco e consegue fácil um resultado correto), **em francês eu sou sempre um DESASTRE**. Digamos que a conjugação e eu não somos lá superamigas, e que a gramática, sei lá, ela também não é minha melhor amiga. ☹ (Além do mais, os livros que dão para a gente ler, fala sério! Parece que as pessoas responsáveis pelas escolhas pensam que a literatura ficou paralisada séculos atrás!)

Felizmente, em **FRANCÊS**, esse ano tem a professora Chevron. É uma professora diferente das outras e de quem eu gosto muito.

EM PRIMEIRO LUGAR, porque ela é super jovem e tão pequenininha que se diria que ela tem nossa idade. (Felizmente ela está grávida, senão a gente a confundiria com uma aluna.)

EM SEGUNDO LUGAR, porque muitas vezes ela se irrita (coisa que temos em comum), mas não perde o humor mesmo quando está horrorizada. EU NÃO!

Lola, se escrever mais uma vez "para mim fazer" no lugar de "para eu fazer", faço você engolir a gramática página por página, e depois a expulso da aula até o fim do trimestre!

Por fim, **EM TERCEIRO LUGAR**, ela tem uma maneira bem particular de dar aula.

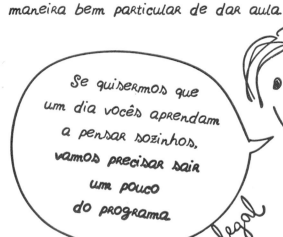

Se quisermos que um dia vocês aprendam a pensar sozinhos, vamos precisar sair um pouco do programa.

legal

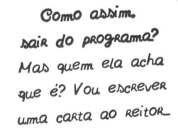

Como assim, sair do programa? Mas quem ela acha que é? Vou escrever uma carta ao reitor.

Vá em frente, Henri!

metido

O pai de Solene é o representante dos pais de nossa sala.

ECA!

É por isso que a professora Chevron reserva meia hora de aula por semana para analisar letras de músicas.

Sob o céu de Paris lá lá lá lá... ♩♪

É a meia hora da aula de francês que todo mundo mais gosta, mesmo que, quase sempre, a gente nunca tenha ouvido falar daqueles cantores.

Menos **Alexis Weber**, é claro, o gênio da sala, que tem uma enciclopédia no lugar do cérebro.

que calor lá dentro!

Mas o *legal* é que a professora Chevron aceita que a gente também traga sugestões de canções. ♪FUN♪

Por exemplo, Charly trouxe "Papaoutai", de Stromae, e Marguerite, "On ira", de Zaz (ela ama tanto essa música que postou um vídeo no Youtube em que ela mesma a tocava na flauta transversa!)

CÔMICO!

78

Mas a professora rejeitou "Zombie", do Maître Gims, indicada por **Maximiliano**. (Ele não entendeu que precisava ouvir a letra, e não só curtir o look do cantor!) Aí, ele cuspiu no chão de raiva e foi parar, mais uma vez, no gabinete da diretora. (Ele passa tanto tempo lá que, logo, vai pagar aluguel pelo gabinete!) oh oh!

Fora isso, por causa de **Kevin**, destrinchamos as sete estrofes da Marselhesa, o hino nacional.

Mas as aulas da professora Chevron de que mais gosto são aquelas em que ela organiza um debate.

Debate =
discussão durante a qual a gente pode se irritar

(Além disso, se a participação é boa, ela acrescenta 1,5 à nota da última prova. No que me diz respeito, não é nenhum luxo!)

$$3 + 1,5 = 4,5 \text{ (decente, não?)}$$

Mas, se a gente tem nota dez, como a senhora faz para dar um ponto e meio a mais?

(Esse é o tipo de pergunta que faz a pretenciosa da Marilyn. Como ela teve a melhor nota no último teste de francês, ela se acha!) que arrogância!

ATENÇÃO, CONFIDENCIAL:

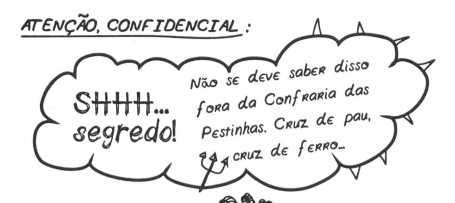

Uma vez, Marilyn nos irritou tanto que Charly e eu pusemos, disfarçadamente, umas cascas de banana dentro de seu fichário. Com isso, seu dever de casa ficou nojento, e, na hora de entregar para a professora, a gente achou que ela ia começar a chorar como um bebê.

Mas, em vez de chorar, ela acusou Alexis — eles tinham brigado na véspera por causa de uma apresentação de história que deveriam fazer juntos —, e ele teve que ficar uma hora a mais no colégio. ops!

A primeira punição de toda a vida de Alexis Weber!!

Charly e eu pensamos em nos denunciar, mas como Alexis se recusou a dar as respostas do último dever de casa de inglês, pensamos que seria nossa REVANCHE. (Tudo bem, não é lá muito nobre, mas também ninguém morreu por isso!)

82

Eu pagaria caro para ver Alexis de castigo na sala da orientação durante uma hora, copiando 500 vezes::

Nunca mais vou importunar meus colegas

com brincadeiras de cascas de banana.

Nunca mais vou importunar meus colegas

com brincadeiras de cascas de banana.

Nunca mais vou importunar meus colegas

com brincadeiras de cascas de banana.

Nunca mais vou importunar meus colegas

com brincadeiras de cascas de banana.

Nunca mais vou importunar meus colegas

com brincadeiras de cascas de banana.

Nunca mais vou importunar meus colegas

com brincadeiras de cascas de banana.

Nunca mais vou importunar meus colegas

com brincadeiras de cascas de banana.

Zoações especiais para fazer

As arrogantes são como os puxa-sacos, tem pelo menos um em cada turma! (O pior é quando você cai num ninho! No ano passado, tinha **CINCO ARROGANTES** em minha turma. Um recorde! Não sei como elas fazem para se reconhecer, mas, com certeza, logo nos primeiros dias, elas se reúnem e formam um clã que estraga o ambiente da sala pelo resto do ano!)

as arrogantes são uma praga

O LANCE DA CASCA DE BANANA

(aquele que eu contei antes).

Funciona também com rodelas de pepino, cascas de queijo ou um resto de salada de beterraba (enfim, funciona com quase tudo o que você encontrar nos pratos da cantina).

HIHI!

com a arrogante da turma

O LANCE DA DECLARAÇÃO FALSA

Ponha disfarçadamente no bolso de seu casaco (ou no estojo) uma declaração de amor assinada pelo menino que ela curte e que não gosta dela (eu sei, as duas condições às vezes são difíceis de encontrar na mesma pessoa_). Depois, assista ao fora sublime que ela vai levar (Essa é uma zoação e tanto, de verdade!)

O LANCE DA MUDANÇA DE SALA

No dia de uma prova importante, comunique à vítima (por intermédio de alguém do 6º ano, por exemplo) que **o teste vai ser aplicado numa sala diferente da prevista**. Tenha o cuidado de escolher uma sala do lado oposto do colégio, porque, quando ela perceber a farsa e voltar para a sala, babau, já terão se passado 15 minutos do início da prova, e ela não vai poder se gabar de tirar o enésimo dez.

BEM FEITO!

A INVEJA MATA

Na semana passada, a professora Chevron nos mandou abrir os cadernos e disse:

O tema de nosso próximo **Debate** será: A INVEJA. A fim de nos prepararmos para a próxima quinta-feira, eu gostaria que vocês pensassem sobre a seguinte pergunta:

> Por que invejamos sistematicamente os outros?

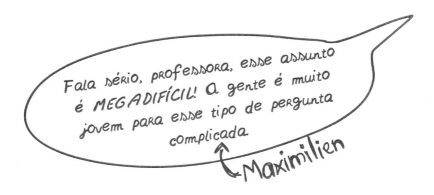

Fala sério, professora, esse assunto é MEGADIFÍCIL! A gente é muito jovem para esse tipo de pergunta complicada. — Maximilien

Já eu acho que é uma pergunta interessante, porque, justamente, há pouco tempo, reparei que, muitas vezes, **tinha inveja de coisas que os outros tinham, e eu não.**

(Tem também um monte de coisas de minha vida que eu passaria adiante de graça e com prazer a quem quisesse!)

EU ADORARIA, POR EXEMPLO: ♥♥

1) Ter os cabelos ondulados e brilhantes da vovó quando ela era jovem (minha avó paterna era uma gata aos 20 anos!). Os meus são ligeiramente lisos e secos nas pontas!

2) Ter o quociente intelectual de Vladimir Burowski, o superdotado de minha sala (mas não sua mentalidade de retardado!)

3) Ter as notas de Marilyn em francês e as notas de Cloé em educação física (ela corre os 100 metros três vezes mais rápido que eu! Ela deve tomar remédio para as pernas ficarem mais ágeis, não pode ser normal!).

4) Morar na mansão gigantesca da família de Vagner, conhecido em todo o colégio como Almôndega.

> A casa do Almôndega é tão grande quanto ele é gordo.

Sempre tão simpático com os outros esse Jonas

⑤ Trocar meu pai pelo pai da Lola (ele tem uma moto vermelha genial, é superlegal quando ele vem buscá-la no colégio! O meu nunca vem me buscar; felizmente, porque, naquele carro branco com o adesivo da empresa colado na porta, seria MUITA DERROTA!).

⑥ Ser trilingue como Yûji

⑦ Trocar a cicatriz de cima de meu pé esquerdo (agora eu sei que não se anda de bicicleta no cascalho! Seis pontos sem anestesia, nunca na vida eu vou esquecer!) pela tatuagem de lagarto de Zina (a inspetora mais ROCK'n ROLL do colégio).

⑧ Ter um casaquinho de couro preto como Linda (mas meu pai acha que couro preto é de mau gosto porque, no seu tempo, só os malandros usavam).

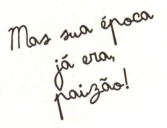

Mas sua época
já era,
paizão!

9) Ter nascido no dia do feriado nacional, como minha irmã Eva, para poder dormir até tarde no dia de meu aniversário e ainda assistir aos fogos de artifício de noite. ARRASOU!

STOOOO OOOP!

Vou parar por aqui, senão vou usar todas as páginas do meu diário só com a lista infinita de minhas invejas.

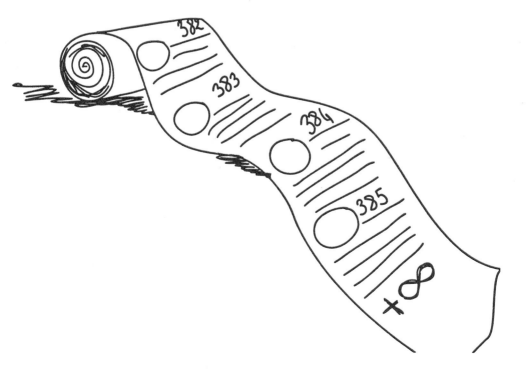

Invejosa sim, ciumenta, JAMAIS*!

* (Bem, a não ser de minha irmã, a quem meus pais permitem um monte de coisas que me proibiam de fazer na mesma idade!)

IN-SU-POR--TÁVEL!

Nesse caso, também, a lista é longa!

HORA DE DEITAR:

21h para Eva contra **20h15** para mim na mesma idade:

Após o começo do filme na TV. É muita sorte! Rihi

injusto!

Bem antes da moça do tempo!

DIREITO DE COMER ENTRE AS REFEIÇÕES para Eva, ao passo que eu só podia comer escondida uma balinha que fosse.

Eu, ao menos, não tinha 5 cáries aos 5 anos!

Etc.

ASPIRO, ~~logo~~ RESPIRO

> Frase para tentar me sobressair durante o debate com a professora Chevron!

⚠ Mas atenção, o contrário nem sempre funciona! **Roh!**

Quando eu era pequena, achava que apenas eu invejava um monte de coisas na vida dos outros. Achava que era desvairada, que algumas coisas eram sinal de loucura (como diz meu pai a respeito de um colega de trabalho que é supernervoso e quase tem um ataque cardíaco cada vez que o telefone toca ou que alguém bate à porta).

Mas, na verdade, tenho a impressão de que é assim com **todo mundo**. (Ufa, não tenho o tal sinal!)

O que eu tenho é um sinalzinho de estimação muito fofo na coxa esquerda.

O que Linda não sabe é que ter uma irmãzinha não é só se divertir com ela na piscina, com uma boia da Hello Kitty.

Ter uma irmãzinha é também, e principalmente, ter uma série de limitações. Tipo:

⦿ **Dividir** a última bomba de chocolate do pacote. <u>DESUMANO!</u>

⦿ **Levá-la** todas as quartas-feiras ao fonoaudiólogo. <u>CHATÍSSIMO!</u>

⦿ **Amarrar seus sapatos e cortar a carne** enquanto ela for muito pequena para fazer essas coisas sozinha. HORRIPILANTE!

OU PIOR...

⊙ Ser sempre comparada a ela em tudo, não importa o quê, por todo mundo e mais alguém!

> Eva é adiantada para a idade. Fafinha **AINDA** usava as rodinhas da bicicleta aos 5 anos.

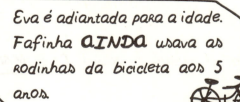

> Eu sou MAIS FOLTE QUE você!

EVA

> Fafinha é um VERDADEIRO FURACÃO, mas Eva é de uma calma O-LÍM-PI-CA!

E blá-blá-blá blá-blá-blá...

QUE BARRA!!

Enquanto Linda daria tudo para ter uma Eva só para ela, eu invejo sua *tranquilidade* de filha única.

Ah, não ter que dividir com nenhuma pirralha o pacote de batatas Lay's sabor frango assado que está no armário da cozinha!

Que felicidade!

Se o mundo não fosse tão complicado, nos dias em que Eva me enche a ponto de brotarem espinhas em minha cara (um exemplo bem recente: os gritos que ela dava para ver o DVD da "Pequena Sereia" enquanto eu assistia tranquilamente à última temporada de "Glee"), **eu poderia simplesmente dá-la de presente de aniversário a Linda**. Uma fita cor-de-rosa bem grande, uma vela enfiada na cabeça, e surpresa!

— Obrigada!
— De nada, é só uma lembrancinha...

Mas, como um milhão de outras coisas que eu gostaria de fazer, parece que *"Isso não se faz!"*

*"Eu digo isso, mas, ao mesmo tempo, sentiria saudade da pirralha da minha irmãzinha. Principalmente nas partidas de **MANCHA-MANCHA**, um jogo que nós inventamos e que consiste em carimbar, disfarçadamente, o maior número possível de manchas na toalha durante o jantar sem ser flagrada por nossos pais.

Por enquanto, sou a campeã do mundo, e Eva, vice-campeã.

A gente devia abrir a competição para outras pessoas a fim de obter uma classificação de verdade porque, só com duas, sabe como é...

A TOALHA DE DOMINGO À NOITE

(Nossa melhor partida de mancha-mancha da semana!)

No mancha-mancha, quando se consegue fazer uma forma <u>reconhecível</u> com as manchas, **ganha-se o dobro dos pontos**. (E quando as manchas ficam <u>para sempre</u>, estragando de vez a toalha, os pontos são **triplicados!**)

No menu, espaguete à bolonhesa

INEVITÁVEL!

Aí, Eva tentou fazer um ursinho de pelúcia: **UM FRACASSO TOTAL**. Ela ficou de castigo antes de ter tempo de acrescentar a cabeça e os membros.

Enfim, tudo isso é para dizer que Linda inveja tudo o que eu tenho, enquanto eu invejo o que ela tem.

O mesmo acontece com Pascal, um amigo de Charly que veio lanchar aqui em casa no mês passado (um garoto bem simpático, mas com o defeito de falar demais, demais, demais).

Mal entrou em minha casa, Pascal já exclamou:

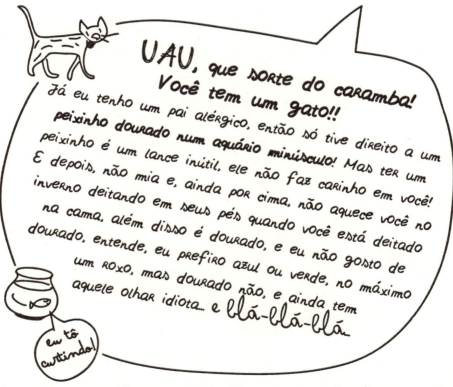

(Só transcrevi a décima parte do discurso para não ficar cansativo. Quando eu digo que ele fala pelos cotovelos...!)

> POR OUTRO lado, peixe não faz xixi no tapete de seu quarto!!
>
> CHEIRO!

PS: Vale lembrar que Nunucha pertence a Eva. Não a mim. Senão eu teria proposto a Pascal uma troca básica: *gato-mijão por peixe-bobão*.

Depois do gato, Pascal achou o sofá da sala muito "CLASSUDO", o carpete de meu quarto "MUITO MANEIRO", minha mãe "SUPERBONITA" com os brincos de pingente, e mil coisas mais que, ouvindo ele falar, poderiam fazer pensar que minha vida é perfeita, saída diretamente de um conto de fadas do Walt Disney.

É como se diz por aí:

"**É melhor provocar INVEJA que PENA!!**" — Citação!

Em resumo:

Fafinha inveja os outros

Os outros invejam Fafinha

O ciclo infernal!

Minha mãe, que tem o hábito desagradável de fuxicar meu caderno enquanto tomo banho, viu o tema do **Debate**. Disse que era bobagem, e que a professora Chevron faria melhor se seguisse a programação em vez de tomar **LIBERDADES** como faz. Mas minha mãe é clássica até a morte (foi educada pelas freiras, tadinha!), e, quando você sai um pouco de dentro da caixinha, ela pira. Agora você entende por que a gente está sempre em conflito?

Exemplo mais recente: decidi instalar uma cortina estampada com motivos indianos no lugar das portas de meu armário.

Minha mãe reagiu como se eu tivesse a intenção de fechar o buraco da janela com um bloco de cimento ou sei lá o que de muito grave.

110

Eu, evidentemente, não deixei pra lá. Gritei que o quarto era **MEU**, e que, de todo jeito, eu não estava pedindo a opinião dela, porque suas opiniões são sempre autoritárias. Ela me deixou sem internet durante 24 horas 😠 Argh. e de noite levei um **MEGA** sermão de meu pai, que sempre concorda com minha mãe quando tem algum conflito (ele sabe que, caso contrário, também leva um fora).

Depois dessa, resolvi o problema: chamei Charly e Pascal uma tarde em que meus pais tinham saído, e arrancamos as portas do armário. Jogamos as portas nos latões de lixo do condomínio, e, desse dia em diante, proíbo meus pais de entrarem no meu quarto.

Não sei quanto tempo vai durar, mas, até lá, as portas do meu armário já terão sido levadas.

Bilhetes a serem colados para proibir

Proibida a entrada de qualquer pessoa com o mesmo sobrenome que eu.

Atrás dessa porta tem uma barricada de meias sujas. Perigo de morte por asfixia!

ATENÇÃO, QUARTO-BOMBA!

na porta do quarto a entrada dos pais.

Se vocês tiverem alguma coisa para me dizer, por favor, liguem para meu celular, o número é 06... ou **enviem um e-mail**.

Não entre, estou COMPLETAMENTE NUA! OBRIGADA.

Aviso que, se vocês entrarem, **eu mato o gato!** (se vocês tiverem um gato, claro!)

(Se, apesar disso tudo, continuarem entrando em seu quarto sem permissão, só restam, infelizmente, <u>duas soluções:</u> <u>instalar uma porta blindada</u> ou ir morar com outra família — mas cuidado para não acabar numa família pior!)

PESTOLUÇÃO ÚTIL Nº 3

Resistir a qualquer pessoa que queira tomar decisões por nós. Principalmente quando se tratar da arrumação do quarto ou da maneira de se vestir.

(A gente não escolhe a cor dos lençóis de nossos pais, ora... Então, não tem por quê!)

O MUNDO É IMPERFEITO.

Ao menos enquanto existirem pais e professores.

Uma noite dessas, depois do jantar, falei com meu pai sobre o DEBATE da professora Chevron. Eu queria saber se **era coisa de jovem** invejar o que os outros têm. Se passava com a idade ou continuava assim *A VIDA INTEIRA*.

Um pai, teoricamente, deve falar dos assuntos sérios da vida com os filhos. Pois então, olha só a resposta:

Talvez eu não esteja NUNCA SATISFEITA, mas a especialidade dele é reclamar dos objetos RIDÍCULO! Jamais se viu uma mesa capenga ou uma faca cega responder quando alguém se irrita com elas.

Como diz minha mãe: "Sabe, Pintinho, o banquinho não vai te responder, mesmo se você gritar muito, mas muito forte!" (Vocês não estão sonhando, minha mãe chama mesmo meu pai de Pintinho. Me dá a maior vergonha cada vez que uma amiga vem dormir aqui em casa.) Humilhação!

Então, fui visitar meu **AVÔ GASTON** na casa de repouso. Ao menos com ele, eu posso falar de tudo.

> É o fato de olhar as coisas DE LONGE que as torna mais bonitas, meu Docinho!

"Já reparou como a terra é bonita vista do céu? Ah é?! Dá para pensar que ela é perfeita. Mas, quanto mais você se aproxima, mais vê que nem tudo é tão redondinho por aqui.

Então, com a vida dos outros é a mesma coisa. Vistas de longe, elas parecem melhores que a sua (que você vê de perto), mas é só APARÊNCIA."

Vista daqui, a gente não imagina que ela é 90% povoada por pessoas tóxicas (tipo os pais, os professores, os melhores alunos, os arrogantes, os toscos...)

URGH!

Eu sei que, às vezes, a cabeça do vovô viaja muito, mas eu nunca tinha visto as coisas por esse ângulo, e, afinal de contas, a teoria dele pode se aplicar a todos os assuntos.

Por exemplo, **A LIMPEZA DA CASA**:
Visto de longe, meu quarto parece impecável. Mas, quando minha mãe se aproxima, **só o que ela vê é poeira nas estantes e migalhas no carpete.** (E é aí que eu passo a tarde inteira fazendo faxina em companhia de um de seus melhores amigos: o pano de pó.)

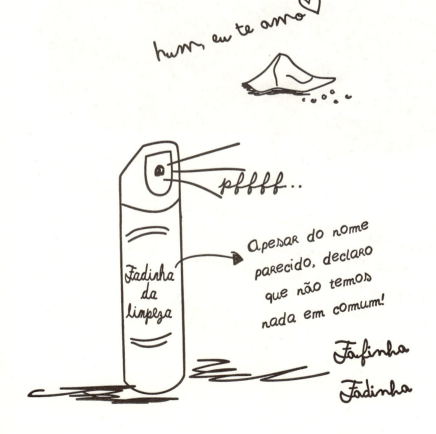

Idem com relação **às rugas**: quanto mais perto você chega de um adulto, mais nota suas rugas!

minha mãe

Juro que só exagerei um pouquinho!

Rugas + cabelos brancos

Se minha mãe encontrar esse desenho, ela me mata!

Em seguida, perguntei a **VOVÔ GASTON** se ele achava que, com o tempo, a gente para de invejar os outros. Ele ficou muito SÉRIO e me disse:

> Claro que não, Docinho! A única maneira de ninguém invejar ninguém seria o mundo ser perfeito, mas como você pode ver... ATÉ LÁ, AINDA TEM MUITO O QUE MUDAR!

Depois, ele pegou o *dicionário de citações*, que está sempre por perto (está tão velho que parece meu vovô), e o folheou durante uns dez minutos, sem dizer nada...

Se você perguntar a vovô Gaston o que ele levaria para uma ilha deserta, ele vai responder: **em PRIMEIRO lugar, o jogo de xadrez** (mesmo não sendo fácil achar um parceiro numa ilha deserta, a menos que se ensine os cocos a jogar) **e, em SEGUNDO, o dicionário de citações.**

(Alguns têm a Bíblia ✝ na mesa de cabeceira, já vovô Gaston tem o <u>dicionário de citações</u>.)

A mala de vovô (pré-histórica)

Depois, ele me disse:

"Pegue seu caderno e escreva essas duas belas frases de grandes homens, elas vão impressionar no debate:

"Prezo minha imperfeição tanto quanto minha razão de ser."

De um sujeito que se chama Anatole France.

Atenção, citações! Usem os neurônios!

Com isso, sua professora vai ter bastante material para vocês!

"A inveja é a mais constante de todas as paixões humanas."

...do pintor Francis Bacon.

Um cara que se chama bacon? Que engraçado!

Confesso que **NÃO ENTENDI DIREITO** essas frases, mas pensei que poderia pedir para a professora me explicar.

Em todo caso, eu entendi o seguinte de vovó: que o mundo é imperfeito, e é por isso que a gente tem inveja uns dos outros

Quando cheguei em casa, com tudo isso ainda revirando dentro da cabeça, me debrucei na janela do quarto e só aí me dei conta:
o muro da frente tinha sido PICHADO.

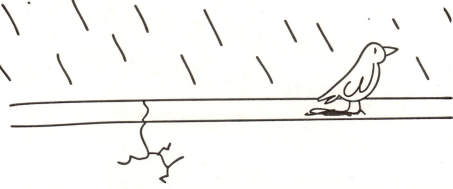

Quando a gente pensa que só um I e um M que nos separam da perfeição...

~~IM~~PERFEITO

Tirei uma foto com o celular para mostrar a **VOVÔ GASTON** na próxima vez, e usei como fundo de tela em meu laptop (no lugar da foto de golfinho que eu tinha para agradar a Eva).

Também vou pedir para Charly imprimir (aqui em casa a impressora dá bug, até imprime bem, mas o papel sai todo recortado) e levar para a professora Chevron.

Como ela aceita que a gente traga as letras de nossas músicas preferidas para estudar, pensei que talvez aceite minha proposta para o próximo tema de **Debate?**

Seria legal, porque tenho uma superideia:

"Já que o mundo é imperfeito, o que você proporia para melhorá-lo?"

Contribua para construir um mundo melhor!

Talvez essa seja a oportunidade de aumentar minha média em francês...

Fazer uma lista de 10 COISAS
se fôssemos alguém

(Deixando de lado, é claro, que não haja mais guerras nem doenças, e que a Terra pare de girar em torno do sol, acabando com os invernos, porque isso é óbvio!)

① Substituir a água das piscinas por Coca-Cola. Assim, se a gente levar um caldo, vai ser bom.

② O cheiro das comidas de gato (que têm cheiro de vômito). Blergh

③ Que os erros de ortografia deixem de existir ortográfia

④ Ganhar um diploma (ou entrar para a faculdade) num concurso de bambolê. (Ninguém ganha de mim no bambolê, consegui 248 voltas no verão, na praia.)

⑤ Desinventar o queijo e tudo feito à base de leite.

132

que mudaríamos no mundo,
poderoso como Deus, por exemplo.

6) Nascer órfão para não ter que aturar os pais.

7) Ter professores mudos para poder dormir durante as aulas. zzzzzz

8) Que as unhas não cresçam (assim não seríamos mais obrigados a roê-las).

9) Não ter irmãos nem irmãs em período integral (uma vez por semana é suficiente). de preferência na segunda-feira

10) Mudar a cor do céu ou a cor do mar, acho chato os dois serem azuis quando faz tempo bom.

(Anotei as dez primeiras coisas que me vieram à cabeça, mas não estão, de jeito algum, classificadas em ordem de prioridade!)

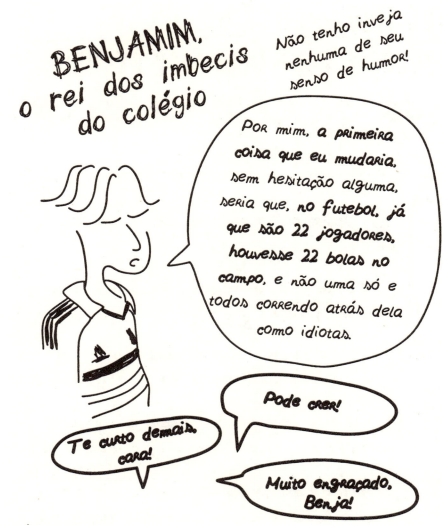

1 MEDALHA de aluno mais imbecil do colégio Jules Ferry

Outorgada a: Benjamin Teray

A inscrição com marca-texto na mochila dá direito, sem problema, a concorrer ao campeonato mundial de imbecilidade. "O amor é como o futebol, às vezes você ganha, às vezes você perde." (Não inventei nada, juro!)

Por **Fafinha**, presidente da Confraria das Pestinhas

← Belê
morcego

A MALDIÇÃO DE SÁBADO

você conhece a família Vanier?

Meus pais tiveram a boa ideia de convidar a família Vanier para jantar amanhã. ☹
A família Vanier é composta pelos pais Vanier (seu look vem do túnel do tempo!) e os filhos, Kevin e Kimberly.

Os Vanier!

Quase passei mal quando minha mãe me deu a notícia.

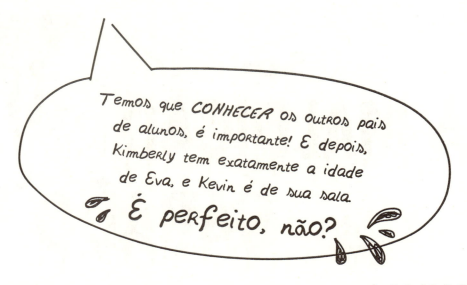

"Perfeito?!" Fala sério. Kevin é um dos garotos _mais_ LESADOS de minha sala. Ele ri o tempo todo: parece que tem os cantos da boca costurados nos lóbulos das orelhas.

Além disso, seu nariz está sempre escorrendo, e ele senta bem reto o tempo todo, mesmo quando se abaixa para amarrar os tênis.

Charly e eu nos perguntamos se Kevin não nasceu com um implante de pau de vassoura nas costas e um porco-espinho na cabeça (ele precisa mudar de cabeleireiro!)

Por isso ele é chamado de vassoura de piaçava.

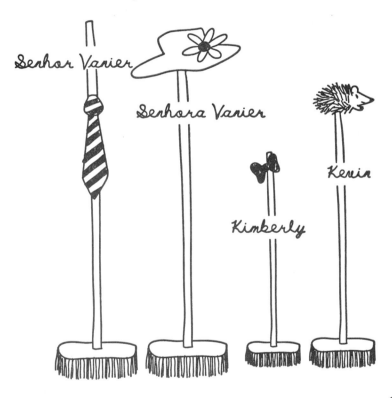

Meu pai mostrou sua coleção de garrafas de uísque irlandês. Ele sempre faz isso para impressionar as pessoas que vêm pela primeira vez aqui em casa (mesmo sem beber uma única gota de álcool, que, aliás, ele detesta! Mas pouco importa!). E minha mãe inventou de fazer um pato com laranja **delicioso**. ♥

AI! Fico com medo que os Vanier tenham vontade de vir jantar todas as semanas!!

Mas...

...como diz meu **Vovô Gaston** com suas expressões pré-históricas:

"Para grandes males, grandes remédios!"

(Isso quer dizer que diante de uma situação grave, é preciso tomar medidas extremas.)

⚠️ **SITUAÇÃO GRAVE:** os pais de Kevin Vanier correm o risco de gostar de jantar aqui em casa e, portanto, vir mais vezes.

✚ **MEDIDA EXTREMA:** convencer Eva a pegar a flauta doce e tocar, durante o aperitivo, os últimos dez trechos que ela aprendeu no "Despertar musical". Absolutamente <u>infalível</u> para espantar convidados!

⚠️ Atenção: cadê o tapa-ouvidos!

Lembrar de fazer várias pulseiras de Scooby-Doo e ursinhos de chocolate para negociar com Eva.

(A menina não é fácil nos negócios!)

E, se isso não bastar,
da próxima vez, eu é
que vou cozinhar...
e aí veremos se os
vassoura de piaçava
ainda vão querer voltar!

Ideias de receitas para

receber bem os inimigos

④ SORVETE DE CARNE MOÍDA COM CEBOLA SERVIDO NO CONE

parecendo sorvete de frutas vermelhas.

Cuidado com os vômitos

⑤

SALADA DE CONCHINHAS DE LESMA.

(obrigar a comer de olhos vendados)

ECA!

145

PESTOLUÇÃO ÚTIL

Nunca se forçar a ser simpática com pessoas de quem a gente não gosta

(Nem com pessoas de quem a gente gosta se estivermos de mau humor.)

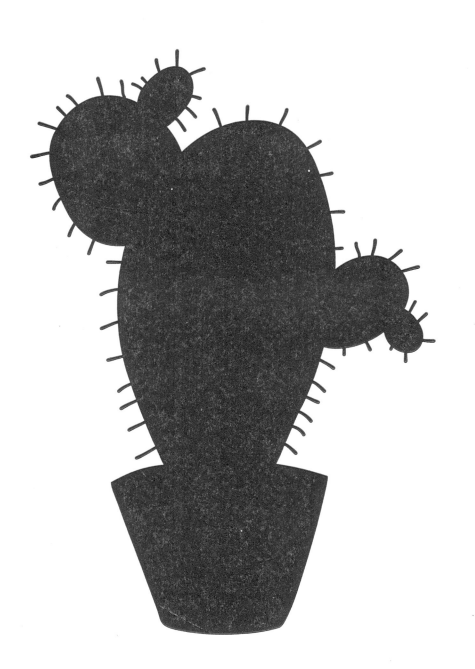

Essa é a última fantasia de minha mãe: ler revistas em inglês. Desde que ela fez um estágio de nivelamento pela internet e conseguiu passar para o 5º nível (de 14!), ela acha que é perfeitamente bilíngue! Que arrogância...

Quando ela anda na rua ou pega o ônibus, dá um jeito de a revista inglesa ficar um pouco pra fora da bolsa. Um pouco como os antigos combatentes, que nunca andam na rua sem as condecorações pregadas no casaco. Ela está muito orgulhosa!

ai, ai...
dá pena

Um dia desses, alguém vai ter que explicar a ela que a terra inteira não está nem aí se ela fala ou deixa de falar INGLÊS, BRETÃO ou até mesmo JAPONÊS, e que as pessoas bilíngues não são seres superiores.

São só pessoas NORMAIS que falam duas línguas.

149

Bem, para agradá-la e motivá-la a conquistar os 9 níveis restantes, meu pai assinou para ela a (Perfect Family,) uma revista australiana que dá dicas de como fazer de sua família uma família moderna **exemplar**.

Apenas isso!

O PROBLEMA é que não tenho certeza se minha mãe traduz direito na própria cabeça quando lê em inglês. Ou talvez a revista seja mesmo escrita por gente doentia.

Todo dia, minha mãe vem com umas ideias bizarras para, pretensamente, melhorar o funcionamento da família.

Na semana passada, tínhamos que acenar um para o outro, dizendo "HELLO!", cada vez que nos cruzássemos dentro de casa

"Para não esquecermos a sorte que temos de viver uns com os outros",
explicou mamãe.

Bem, aí depende do dia!

Eu contei. Em duas horas, disse HELLO 7 vezes para Eva e 9 para minha mãe. Quase arrumo uma tendinite no cotovelo, isso sim!

Sorte que meu pai não estava em casa, e que esse ritual não era obrigatório para animais domésticos, porque, justamente nesse dia, Nunucha ficou atrás de mim o tempo todo.

Sorte que a experiência só durou um dia. Mamãe foi a primeira a se cansar: "Se a gente continuar, acho que vou ficar angustiada só de pensar em cruzar com vocês dentro do apartamento! Vamos voltar a um ritmo mais normal: 1 VEZ POR DIA."

Com isso, a gente se diz bom dia só de manhã. Como todo mundo, aliás!

"Bom dia. Dormiu bem? Quer um café?"

Maneiras para não ter que

NÃO TER FAMÍLIA.
Assim, ao menos, você sabe que pode ficar tranquilo.

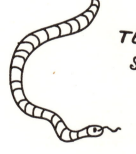

TER O DOM DA INVISIBILIDADE.
Se você perceber que vai dar ruim:
Opa! Invisível!

PARTIR PARA O HAVAÍ.
É cheio de tubarões, mas não tem seus pais

que liberdade...

se submeter aos delírios dos membros de sua família

> NÃO NASCER.
> Mas se você está lendo este livro significa que, para você, já é tarde demais para essa solução. Sinto muito.

para mim também não se preocupe!

Na verdade, na maioria dos casos, você é obrigada a se submeter aos delírios das pessoas da família. Porque uma família é um pacote completo:

Algumas coisas legais	e muitas coisas chatas.

por exemplo!

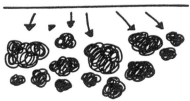

Isso não me cheira bem!

Aí! Hoje, minha mãe recebeu um número novo da

*tenho medo do que vem por aí!

E ela entra de cabeça numa nova experimentação duvidosa.

SUA COBAIA? Nossa muito querida e adorada família.

muito tocante a perfect família

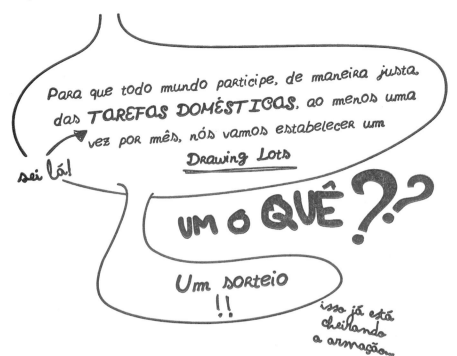

(Por sorte, a Perfect Family é mensal! Imaginem se fosse diária...)

Eva, que entende tudo ao contrário, exclamou:
"Eba! Adoro zorteios!"

(Ela caiu na real quando finalmente entendeu que íamos sortear as tarefas domésticas, e não ursinhos de pelúcia, como no parque de diversões!) buááá

Papai fez uma careta porque, além de tirar a louça da máquina, ele não faz NADA. E eu me desesperei porque tenho muito azar em jogos.
que pepino!

Exemplo típico: na última rifa do colégio, ganhei uma estrela do mar de borracha. GENIAL! (Ainda não sei qual a utilidade.)

Enquanto a **arrogante** da Marilyn ganhou a caixa completa dos DVDs do Harry Potter. (Por mim, ela poderia ser devorada pelos lobisomens!)

Dessa vez, portanto, não tenho a menor chance de ter sorte. Com certeza seria eu quem iria herdar a tarefa de **limpar o banheiro**.

Ah, que raiva! Que desespero!

Explico que em nossos banheiros existem as PRIVADAS NORMAIS, com cheiros de Oxixi e vestígios de cocô nas beiradas, mas tem também A CAIXA DE AREIA DO GATO DA MINHA IRMÃ!

E só de pensar em meter as mãos ali me dá NÁUSEAS.

Minha mãe, então, escreveu algumas palavras em post-it, dobrou em quatro e colocou no fundo da panela de cuscuz que Mamina deixou na época que ela se mudou para a Savoie.

Ela fez bem em esquecer a panela de cuscuz, o dela era 100% gordura.

Os dados estão lançados para a grande e maravilhosa loteria doméstica!

Cada um de nós tirou um papelzinho.

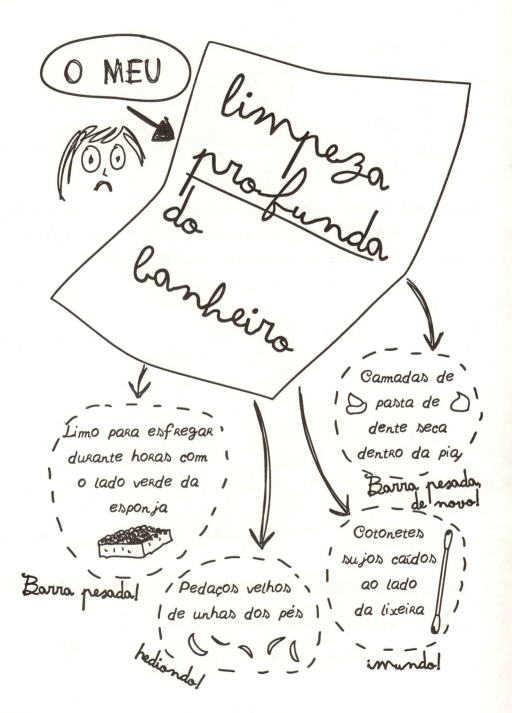

BINGO, fui sorteada com a tarefa mais podre! E minha mãe ainda acrescentou:

> Fafinha, você vai limpar o lavabo também, são os mesmos produtos.

"**Ai, não!** A privada é nojenta, tem pentelho pra todo lado!"

Meu pai me deu um tapa atrás da cabeça porque ele acha que "pentelho" é palavrão e porque imagina que, na vida, eu nunca falo palavrão.

Minha irmã teve que passar o aspirador **fácil!**
no apartamento todo. "Até nos cantinhos",
como explicou minha mãe, e meu pai ficou encarregado de
limpar os vidros das seis janelas do apartamento.

Tentei negociar com **EVA**: trocar a limpeza do banheiro por
minha bolsa lilás com caveiras, que ela adora.

Mas depois de fazer de conta que hesitava durante, no mínimo,
30 segundos, ela finalmente disse não. Depois me deu as
costas resmungando que,

> quinta-feira passada, eu tinha me recusado a ajudar na arrumação do quarto dela, e que era bem feito para mim, nhe nhe nhem.

Aquela ali, desde que nasceu,
eu já sabia que não ia ser a
mais dócil das
IRMÃZINHAS!

GRRRRh EU ME VINGAREI!

Avisei a todo mundo que, no sorteio do mês que vem, não estarei em casa. Tenho hora marcada no dentista.

Pendurei as esponjas!

Hi Hi

PALAVRAS para escrever com o dedo

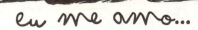 eu me amo... quem é a

Palavras que reaparecerão quando alguém for tomar banho...

 SURPRESA!

 PRESENTE!

No espelho embaçado do banheiro

mais bela?

bundão

Bu! Eu sou um fantasma

⚠️ ATENÇÃO! Não esqueçam de disfarçar muito bem a letra para não deixar pistas. Se a gente fizer a coisa direitinho, pode até acusar outra pessoa...

Voce fedi ← imitação da letra de EVA

↗ Erro de ortografia para ficar mais real; ela ainda está no maternal.

Ovelhinha de poeira bebê

Hoje, a professora Luna, orientadora da turma, deu uma demonstração sublime de como conquistar o ódio de uma turma inteira com um único passo em falso. Se você tem a intenção de se tornar professor um dia, veja como fazer para virar <u>TODOS</u> os alunos contra você: anuncie o dia errado da

clic clac **foto da turma!** clic clac

Na semana passada, no fim da aula sobre o aparelho respiratório (os brônquios, os alvéolos pulmonares e toda a parafernália que serve para respirar), a professora Luna, que também é nossa professora de Ciências, distribuiu um papelzinho para colarmos nas cadernetas:

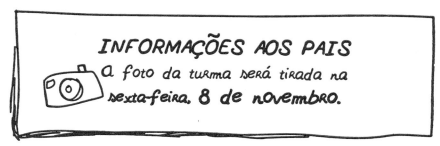

INFORMAÇÕES AOS PAIS
A foto da turma será tirada na sexta-feira, 8 de novembro.

E a foto aconteceu mesmo, hoje de manhã, depois do recreio das 10 horas.
Só que hoje é 7 de novembro, e não sexta-feira, 8 de novembro!

AAAAAHHHH!

Reação das 18 meninas da turma quando a professora disse:

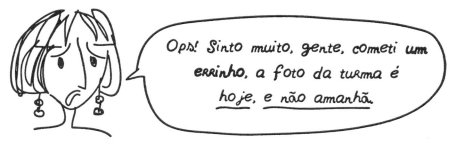

Ops! Sinto muito, gente, cometi um errinho, a foto da turma é hoje, e não amanhã.

Já até ouço as pessoas que não entendem nada (como minha mãe!) dizendo que um dia de diferença não é nada grave, que é melhor adiantado que atrasado. nhe nhe nhem
Mas, no caso específico da foto da turma, um dia adiantado não é grave, é...

Com as roupas que se usa no dia da foto da turma não se brinca! Tudo é previsto com antecedência, trabalhado nos mínimos detalhes, experimentamos roupas durante horas em nossos quartos para escolher o (melhor) look.

Isso porque a **foto da turma** não tem nada a ver com uma selfizinha básica, que você manda para um amigo pelo Snapchat. A FOTO DA TURMA É PARA A VIDA INTEIRA! Você olha mil vezes, mostra para os filhos, netos, posta na internet, às vezes até emoldura!

A foto da turma é transmitida de geração a geração, por séculos. <u>A foto da turma é um registro in-clas-si-fi-cá-vel!</u>

Com certeza!

171

TOP

Se você não estiver um arraso na foto da turma, e se, por infelicidade, ela cair nas mãos de pessoas mal-intencionadas, pode ferrar sua reputação para todo o sempre!

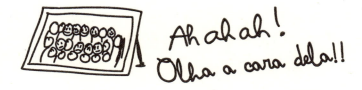

Ah ah ah! Olha a cara dela!!

No que me diz respeito, há **2** dias em minha vida em que eu não poderia ficar parada diante da máquina fotográfica para tirar a foto da turma.

O PRIMEIRO, foi há três anos, quando minha mãe cortou meus cabelos em camadas, como castigo por eu ter feito um corte moicano na Eva para experimentar minha tesoura nova.

"Assim, você vai saber como é ter um penteado idiota na cabeça!"

Por mais que eu suplicasse a noite inteira, minha mãe me mandou para o colégio assim mesmo. Então, comecei uma greve de fome, me recusando a comer no almoço, na cantina, ela ficou com pena e me levou ao cabeleireiro para igualar o cabelo. (Só que, para igualar, foi preciso cortar supercurto! Desde então, fiquei traumatizada. Sofro quando tenho que cortar as pontas.)

"Se você cortar um milímetro a mais do que eu pedi, eu o estrangulo com o fio desse seu secador de cabelos!"

Quanto ao <u>OUTRO DIA DE MINHA VIDA</u> em que eu não poderia ficar parada diante da máquina fotográfica... é

HOJE !!!

De manhã, durante o café, meu pai quis consertar o aquecedor de meu quarto, que estava vazando. Quando eu digo "vazando", é exagero, porque pingava uma meia-gota por hora. Não era nada demais. Mas, apesar disso, minha mãe, a mais **MANIACA** das pessoas que eu conheço, insistiu para ele consertar.

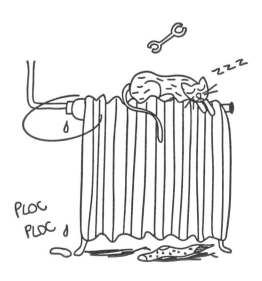

E olha que ela sabe o verdadeiro perigo público que é meu pai com uma ferramenta nas mãos. **O PROBLEMA é** que ele não sabe medir a força que tem.

Na última vez que ele pregou um prego (para pendurar o pano de prato perto da pia), furou a divisória que separa a cozinha do banheiro. A partir desse dia, tomando café da manhã, se você se inclinar um pouquinho, pode ver a pessoa que está no chuveiro. (O buraco é bem na altura do bumbum, muito prático!)

Uma outra vez, minha mãe queria porque queria uma prateleira acima do móvel da TV para colocar a coleção de bonecas russas.

Depois de ter colecionado caixas de fósforos durante anos, ela jogou tudo fora (foi pena!) e começou a colecionar bonecas russas.

Vai entender!

Meu pai, armado com uma serra circular, cortou então uma tábua, se apoiando na mesa de centro novinha de madeira rara que minha mãe tinha acabado de encomendar da Suécia.

Resultado,
ela conseguiu a prateleira para as bonecas russas, mas a mesa de centro foi serrada ao meio.

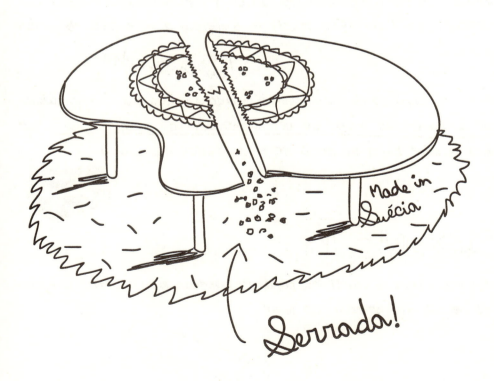

Ela choramingou durante uma hora, com a cabeça enfiada nas mãos:

Eva, que não suporta ver mamãe triste, foi consolá-la, e eu postei uma foto da mesa cortada em dois no Instagram e escrevi:

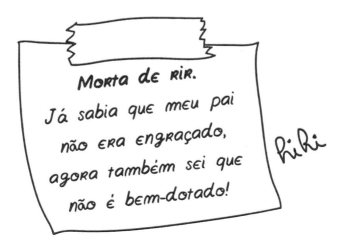

179

Voltando ao **AQUECEDOR**, mais uma vez, papai não foi nada meigo. Pegou uma pinça enorme para fechar o registro e... **créu!** O registro ficou em sua mão, e o minivazamento se transformou em cascata. Minha mãe berrou, como se estivessem matando alguém, meu pai xingou o aquecedor de um monte de palavrões, e Eva e eu nos escangalhamos de tanto rir.

Então, minha mãe, em pânico total, nos xingou justo quando não tínhamos feito nada. Dessa vez, ao menos...
"Parem de rir feito bobas, ou as duas vão ficar de castigo!"

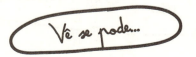

> O sangue-frio de minha mãe é como a boa-fé de meu pai: todo o mundo sabe que não existe!

Até fecharem o registro, meu quarto ficou totalmente **Inundado...**

Confesso que, secretamente, fiquei feliz com a ideia de trocar meu colchão por um de casal (é bem melhor que as almofadas do sofá espalhadas no carpete quando uma amiga vem dormir). ★ ☾

Mas numa coisa eu não tinha pensado: é que todos os meus pertences ficariam ensopados.

Um vazamento em minhas roupas na véspera da foto da turma!!!

Estendemos minhas roupas, assim como meus livros e cadernos, pelo apartamento todo para eles secarem. ☼ Tive até o cuidado de estender meu jeans slim preto e minha blusa Wasted em cima do aquecedor da sala para o dia seguinte, dia anunciado para a maldita **foto da turma**. 📷 clic cloc! Enquanto isso, minhas únicas roupas poupadas pelo tsunami (já que estavam guardadas no armário da entrada) foram as de esquiar.

182

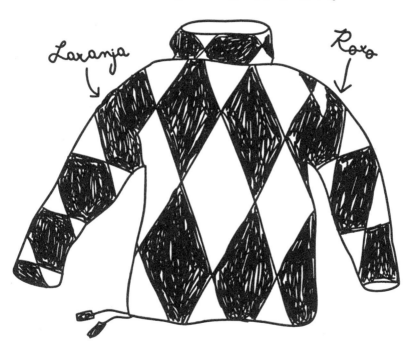

Tudo isso é para dizer que, hoje, tive que usar a PIOR coisa que já usei um dia:

Uma blusa de POLIÉSTER ← Já começa bem
GOLA ROLÊ DE LOSANGOS ROXOS E LARANJA.

Laranja
Roxo

(Não é piada, isso existe de verdade! A pior blusa de poliéster que um dia alguém fabricou nesse MUNDO!)

DÁ VONTADE DE VOMITAR!

Juro para vocês que essa camisa de poliéster dá náuseas de tão horrorosa que é! Olha só, tenho certeza de que, se me deixarem num campo cheio de touros, eles me atacam imediatamente! Cores como essas são necessariamente muito irritantes para os animais ferozes.

Corra, Fafinha! COOOOORRA!

 INFORMAÇÃO IMPORTANTE:
Dou minha palavra de honra que ninguém de minha família pagou um centavo por essa roupa nojenta. Que vantagem... $

Meu pai ganhou numa feira profissional onde foi apresentar sua empresa de varandas.

Obrigada, paizinho, da próxima vez, vê se não ganha nada, por favor! ☺

184

É por isso que, quando a professora Luna fez aquele ar sonso para dizer: "Ops! Me enganei, a foto da turma é hoje", acho que fui eu que gritei mais ALTO:

AAAHHH NÃOOOO PELO AMOR DE DEUS!

Devem ter me ouvido até na Austrália!

É pena porque eu gostava muito da professora Luna. **ANTES**.

(Ciências é uma das raras matérias que eu acho úteis. Ao menos, a gente aprende coisas concretas que podem ser usadas mais tarde. Que chegue logo o 8º ano com a reprodução no programa. Isso, com certeza, vai ser útil um dia!)

Aconteceu até de eu tomar a defesa da professora quando Sebastien falava dela, dizendo **"cerca de alta-tensão"** por causa do aparelho nos dentes.

(Que sina, aos 35 anos, ela usa aqueles anéis no aparelho para endireitar os dentes de coelho. Não sou dentista, mas visto o trabalho todo que tem pela frente, em minha opinião, não vai funcionar nunca.)

A partir de hoje, sinto muito, professora Luna, mas a época em que eu estava do seu lado acabou.

O lance da blusa de poliéster com losangos na foto da turma,

ESSA A SENHORA VAI ME PAGAR MUITO CARO!

Frases para riscar com nas carteiras para

∧∧∧∧∧∧∧∧∧∧∧

Método aplicável contra um professor, um aluno ou mesmo o diretor... *(Tomo a professora Luna como exemplo, isso me faz tão bem!)*

(A marca do compasso, ao contrário das canetas esferográficas ou hidrográficas, tem a vantagem de ser indelével.)

Por que Luna cheira a catarro?
Porque ela fuma muito cigarro.

VIVA O SÁBADO

① INVENTAR UMA PIADA (OU TROCADILHO) BEM ASQUEROSA COM O NOME DA PESSOA

(Com um pouco de sorte, logo isso vai se espalhar pelo colégio e chegará aos ouvidos dela.)

③ EXPRESSAR SEUS TALENTOS DE DESENHISTA EM CARICATURAS.

Bip Bip

a ponta do compasso se vingar de uma pessoa.

ᗅ ᗅ ᗅ ᗅ ᗅ ᗅ ᗅ ᗅ ᗅ ᗅ

Luna + Castanho ♡♡ = AMANTES

② CRIAR UMA FOFOCA

(Atenção: fazer de maneira que seja verossímil. Se você puser a professora Luna com o professor de Artes plásticas, o maior top model da França, ninguém vai acreditar!)

③ ||||| ||||| ||||| ||||| |||||

④ ESCOLHER UM DEFEITO DA PESSOA E EXAGERÁ-LO

Aviso: sejam muito discretos! No 6º ano, Charly foi flagrado pelo professor Ferronet enquanto gravava "Noemi Coti é um macho". Ele teve que esfregar com lixa todas as carteiras da sala, levou duas manhãs!

OS PAIS DE LUNA SÃO CASTORES

189

a foto CATÁSTROFE

Após o momento de pânico que se seguiu ao anúncio da professora Luna, entrei no modo sobrevida. Era absolutamente urgente encontrar uma solução, porque, só de me imaginar com a blusa de poliéster no meio da foto da turma, entrei em COMA.

Primeira solução que me veio à cabeça:

Me esconder atrás do refeitório para que ninguém me encontrasse na hora da foto.

Mas lembrei que, um dia, Ema, do 9º ano, contou que tinha sido seguida até lá por um enorme cachorro branco e que precisou hipnotizar o animal para escapar. 🌀

Acho difícil de acreditar (alguns dizem que essa menina mente compulsivamente), mas eu não me arriscaria a ser dilacerada por Caninos brancos. 🦷

Desde que minha prima Amelinha foi mordida pelo labrador do avô, morro de medo desses animais grandes com dentes (tubarões inclusive, é claro!)

Segunda possibilidade:

Tirar a blusa de losangos no momento do clique

O que significa: aparecer nua na foto (pois é, eu não tinha nada por dentro, porque minhas roupas de baixo estavam secando!)

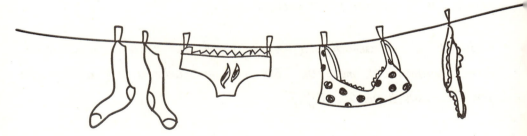

Infelizmente, sou *PUDICA* demais para fazer isso.

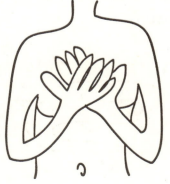

ninguém está olhando! como assim...

Enquanto eu pensava, ouvi Jonas zoando Vladimir:

Lola, que só compreende o sentido literal e não tem um pingo de humor, tomou a defesa de Vladimir (por quem todos acham que está apaixonada)::

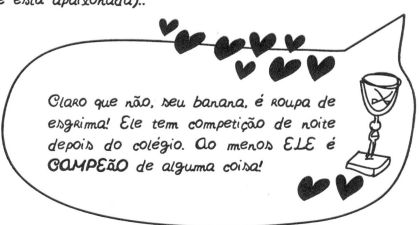

De fato, Vladimir estava com a **roupa de esgrima**.

E eu juro para vocês que usar roupa de esgrima no colégio deixa a pessoa com cara de idiota. Cruzei com o olhar desesperado de Vladimir e entendi que ele estava na mesma situação que eu. (Essa era a primeira vez que eu tinha alguma coisa em comum com Vladimir Burovski.)

Tipo, a desgraça se aproxima!

CARAS DE AI, QUE VERGONHA!

194

Então, nós dois tentamos fugir, escalando a cerca que separa o pátio do colégio do mundo exterior.

Mas fomos pegos pelo professor Bouchard, o coordenador, que estava fumando escondido, atrás da saída de emergência do térreo.

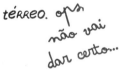

ops
não vai
dar certo...

Vladimir e eu fomos parar na sala de Bouchard, com relatório e tudo, e, <u>vergonha intersideral</u> foi quando ele nos levou de volta para a sala de aula e disse para a professora:

"Trago de volta ♦♦♦ ARLEQUIM e seu amigo o COSMONAUTA. que tinham decidido sair para um passeio."

MUITO ENGRAÇADO MESMO!

Evidentemente, Jonas e Sebastian riram como doidos. Obrigada pela solidariedade!

(Bem, dito isso, acho que eu também teria rido no lugar deles), e a professora Luna abafou um risinho por trás dos dentes de castor ⊔⊔

Às **10h20**, aconteceu o que tinha que acontecer: saímos da sala da professora Luna e fomos para a biblioteca, onde estava o fotógrafo.

NO CAMINHO: clic clac

 Marilyn repetia sem parar que o cabelo não estava alisado.

 Chloé reclamava que estava de moletom e ia parecer um menino.

Ah é?

 Alexis impaciente, dizia: "Que importância têm as fotos, o importante são as notas!".

que pela-saco

e Charly (que é um pouco o queridinho da professora Luna desde que aprendeu a fazer um herbário) tentou uma última:

(A senhora tem certeza de que não dá para transferir para amanhã?)

Mas a vacilona nem respondeu.

O fotógrafo nos arrumou por tamanho. Os menores na frente (portanto o pobre do Vladimir se viu no meio da primeira fila, o **PIOR LUGAR** quando você quer se esconder), e eu, entre Kevin (que colou em mim desde que foi jantar lá em casa com a família!) e Maeva, os dois vestidos de preto (nada bom tampouco para que meus losangos espalhafatosos passassem em branco). Até se estivesse com uma sirene na cabeça teria sido mais discreto!

Mas, quando tudo estava finalmente pronto e o fotógrafo fazia as últimas regulagens na máquina fotográfica, ufa! o alarme do colégio disparou.

(Soubemos mais tarde que foi Franklin, um aluno do 9º ano que tira dinheiro dos meninos do 6º ano, quem tinha telefonado para denunciar uma bomba escondida debaixo da bancada da sala de química)

A professora Luna gritou "PELO AMOR DE DEUS!", e Jonas e Sebastien acharam muito engraçado gritar:

PARA O ABRIGO, VAI EXPLODIR TUDO!

Lola, que tem medo de tudo, começou a chorar.
Então, o fotógrafo fez a foto correndo antes de nos mandar sair para o pátio.

→ Fora!

(Vamos nos lembrar dessa foto da turma por muito tempo!)

O resultado vai ser um desastre!

PESTOLUÇÃO ÚTIL

Doar para o Exército da Salvação, jogar fora ou queimar, sistematicamente, toda roupa que jamais confessaremos ter usado um dia.

Antes que seja tarde demais!

(Também podemos usá-las como pano de prato ou de chão.)

Fio de cabelo perdido por causa do estresse.

Nunucha deu cria!
Há algumas semanas, mamãe vinha dizendo que a barriga da gata estava **enorme**.

É mesmo? Você acha? Vai ver está deprimida e anda comendo croquetes demais... PROZAC — bem se vê...

Papai não entende nada de bichos.
NA VERDADE, ELE DETESTA BICHOS.

Há pouco mais de dois meses, meus pais foram visitar **Mamina** na Savoie.

Mamina tem 82 anos!

Ela estava bem doente, e, como não é assim tão jovem, acho que tiveram medo que ela **MORRESSE**. SNIF

Então, eles nem pensaram e saíram <u>correndo</u> para passar três dias lá. Aliás, eu também tive medo por Mamina. Porque, mesmo ela sendo surda como uma porta, **eu a amo de verdade**. Ela é <u>legal</u>, como avó, e além do mais mora na montanha, o que é bem prático para esquiar no inverno.

Quando tinha 3 anos, Eva fez uma manha interestelar para adotar um gato.

Nossos pais acabaram aceitando com uma condição: o gato não sairia do apartamento.
Nada de andar na rua, <u>preso numa coleira</u>, ou de levá-lo conosco nas férias. Então, quando <u>saíssemos de férias</u>, a **Senhora Chiron**, vizinha do primeiro andar (profundamente envolvida com os bichinhos!), viria todos os dias fazer carinho e dar comida.

Nunucha chegou aqui em casa há dois anos, e nunca viu nada além das quatro paredes do apartamento.

208

Quando nossos pais viajaram para visitar **Mamina** e ficamos sozinhas, tive essa luz! =LUZ!=💡

Era a oportunidade de **Nunucha** descobrir o mundo. No início, Eva não concordou. Tinha medo de desobedecer. Mas eu disse que, se tivéssemos sempre medo de tudo, nunca faríamos nada divertido em nossas vidas. Comprei picolés de morango com chocolate (seus preferidos), e ela acabou aceitando.

Mas, como não confio inteiramente em Eva, ela teve que assinar um CONTRATO DE CONFIDENCIALIDADE.

Seguro morreu de velho!

CONTRATO DE
para situação

Se eu falar com nossos com Nunucha durante sua graves represálias, do gênero "ducha gelada".

tá gelada!

CONFIDENCIALIDADE
excepcional

pais sobre o que fizemos

ausência, estarei sujeita a

"privação da naninha" OU

Assinatura: eva

Aí

Então, saímos com Nunucha.
Ela estava bem escondida em minha mochila para o caso de cruzar com a Senhora Chiron no elevador. (Ela bem tem cara de delatora.)

Quando chegamos ao parque perto de casa LIBERTAMOS NUNUCHA. Ela se tremia toda e tinha feito xixi no fundo de minha mochila. GENIAL!

Rua dos Álamos

Ela quase <u>morreu de medo</u>, fechada no **escuro** durante vinte minutos e, em seguida, largada num ambiente totalmente <u>desconhecido</u>, mas foi pela melhor das causas:

A LIBERDADE!

Imagino que, se a gente soltasse um golfinho de parque aquático no oceano, ele entraria em PÂNICO TOTAL no início. E então, acabaria se acostumando.

como Nunucha

Passados alguns minutos, Nunucha se acalmou. Andou alguns passos até a caixa de areia, onde fez cocô (Eva catou o maior com o pauzinho do picolé e jogou em um arbusto).

Depois disso, Nunucha parecia mais relaxada.

Na sala do **professor Castanho**, que dá aulas de história e geografia, tem uma frase que eu adoro, escrita com letras grandes acima do quadro:

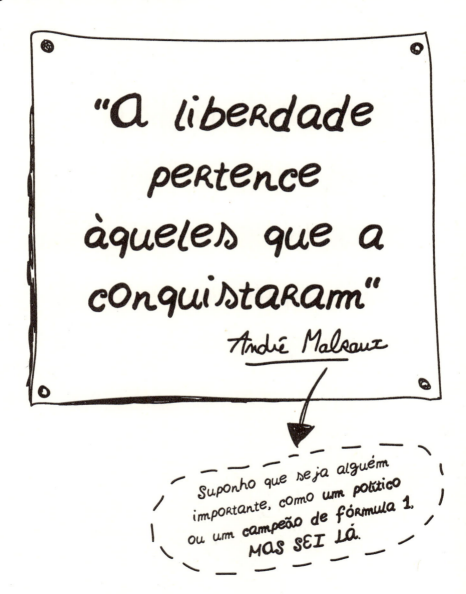

Tudo estava dando certo para Nunucha, que tranquilamente descobria o gosto da grama, Hum até o momento que um casal de velhos apareceu com seu cachorro. Um enorme bicho bege, de pelo longo, sem coleira nem nada!!

O cão perseguiu Nunucha, que fugiu mais rápido que um raio. Os velhos tiveram uma **DIFICULDADE DO CÃO** (ha ha, trocadilho!) para apanhar O CÃO (literal).

Quanto a Eva e eu, procuramos Nunucha até o fim do dia, até voltarmos para casa de mãos vazias. **QUE DUPLA DE PERDEDORAS**

Nessa noite, consolar minha irmã foi uma das missões mais difíceis de minha **vida**.

Sua missão, se a senhora aceitar...

Achei que ela ia morrer desidratada de tantas lágrimas que derramou.

Mas, na manhã seguinte, um **MILAGRE** na frente da porta: Nunucha tinha voltado.
(Ela deve ter um **GPS** incorporado ao cérebro, de outro jeito é impossível!)
Segunda inundação de lágrimas. De alegria, dessa vez.

⚠ O que a gente não sabia, naquela hora, é que Nunucha não tinha se aborrecido durante a escapadela. Ela havia encontrado no caminho um **LINDO GATINHO**, eles trocaram carinhos a noite inteira.

218

RESULTADO: 4 GATINHOS.
Três pretos fortinhos e um fraquinho todo ruivo. Parecia um esquilinho perdido, muito fofinho, e eu que nem sou louca por gatos, ai...

Meu pai fez um recital de berros quando descobriu os filhotes no armário de sapatos da entrada. Quebrou o pé da luminária com um pontapé e nos convocou para dar explicações. Estávamos MUITO, MAS MUITO enrascadas!

Nunucha não tendo nunca saído do apartamento, imagino que o pai seja o espírito santo dos gatos.

(Eu sei, péssima explicação, mas não encontrei nada melhor)

Eva, que tinha assinado um CONTRATO DE CONFIDENCIALIDADE, conseguiu segurar a língua...

E depois de meia hora de interrogatório, nossos pais concordaram que aquela gravidez era um MISTÉRIO.

Eva suplicou para ficar com os quatro gatos, prometeu que construiria, com caixas de cereais vazias, uma espécie de condomínio debaixo da cama. Mas meu pai ficou vermelho de raiva e berrou:

《 Eu disse não! Aqui não é o zoológico! 》

E BUM! Outro pontapé no pé da luminária quebrada.

Enquanto isso, tínhamos que dar nomes à tribo de peludinhos.

Charly deu ao dele o nome de MÉDOR. (Ele queria muito um cachorro, mas os pais lhe deram um gato. Azar o deles!)

Sugestões de nomes
em função da cor e

	♀♂	Gato RUIVO	Gato PRETO
NOMES COMUNS (para gatos comuns)	Fêmea	Bozo	Baguera
	Macho	Caramelo	Pretinho
NOMES PODRES (para gatos que detestamos) berk	Fêmea	Ferrugem	Batina
	Macho	Melado	Pixe
NOMES ORIGINAIS (aconselhados por Fafinha) ☺	Fêmea	Chama	Pretão
	Macho	Halloween	Darth Vader

para dar aos gatos
do afeto que temos por eles.

Gato BRANCO	OUTROS gatos
Pérola	Mimi
Floquinho	Rabisco
Brilux	Pereba
Cueca	Desastre
Chantili	Nunuche (para Eva)
Iceberg	Treco

Mas o melhor mesmo **PARA SER MUITO ORIGINAL** continua sendo escolher um nome que não se pensaria para um gato.

Por exemplo:
garfo, piano, pneu ou caxumba.
É por isso que eu escolhi chamar o ruivinho de CABELO.

minha nova professora de francês é lelé

Na semana passada, a professora Chevron saiu em licença maternidade. (Snif! Snif! Adeus debates geniais.) É inútil explicar que os bundões do colégio se divertem muito às suas custas. Benjamin apostou o boné da Copa do Mundo de 2014 que o filho dela se chamaria Bambi! **Bambi Chevron**, confesso que tive que rir...

Desde esse dia, ela foi substituída pela professora Turana. **Ah, não!** Mais durona impossível, e, se eu pudesse dar um conselho às pessoas da família dela, diria que fizessem uma vaquinha para lhe comprar um sorriso!

225

> "Com a professora TURANA, ou você entrega os deveres de casa no prazo, ou não volta para casa tão cedo!"

Piada sem graça que circula na turma (inventada por Sebastien)

❀ Sebastien = campeão do mundo das piadinhas lamentáveis!

Me dei conta, logo em seguida, de que, se você substituir o **V** de Turana por **I**, dá:

TIRANA

Francamente, não pode ser acaso uma coisa dessas... principalmente quando você conhece o fenômeno!

226

Hoje a aula de **Tirana** era sobre os acrósticos.
"Os o quê?!!" exclamou Lola, minha vizinha de carteira, quando a professora Tirana mencionou "OS ACRÓSTICOS" ??
Ficamos todos com cara de bobo, mas a professora, mesmo assim, perguntou se alguém já tinha ouvido esse termo.

Vagner disse que, com certeza, era o nome de algum crustáceo, porque ele logo pensou num lagostim encharcado de maionese.

Tirana atirou um giz bem na testa do garoto e disse: "não faça de conta que sabe tudo se você é um zero à esquerda". Depois, Marguerite observou que acróstico parece "neurótico", termo usado pela mãe para se referir a um primo.

Tirana deu um soco na mesa, gritando que não queria saber de primo nenhum, e que éramos, de fato, uma geração de incultos.

OS ACRÓSTICOS. Eu mesma jamais havia ouvido essa palavra em lugar algum. Mas, intuitivamente, teria pensado que era o nome de uma doença de pele, tipo eczema, ou o nome de uma planta carnívora extraterrestre.

POIS, BEM, NÃO É NADA DISSO!

Um acróstico é uma lista de palavras (ou frases) na qual as primeiras letras de cada palavra (ou frase) compõem uma outra palavra.

Sim, eu sei, não está muito claro dito assim, então, vou dar um exemplo:

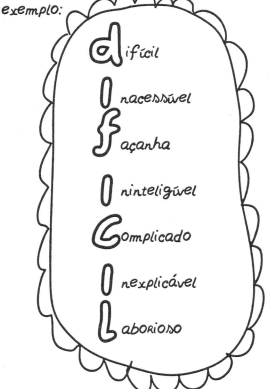

difícil
inacessível
façanha
ininteligível
complicado
inexplicável
laborioso

É um acróstico de DIFÍCIL.

hi hi hi

Na verdade, acróstico é uma coisa da língua, bem complicada que não serve para nada, mas que me deu umas ideias...

Fazer ACRÓSTICOS

a b c d e f g h i j k l m

Os melhores alvos dos acrósticos para escrever em nosso diário são as pessoas mais próximas e que, de preferência, mais prejudicam nossa vida.

Portanto, na primeira linha, evidentemente:

OS PAIS!

 Vocês podem fazer acrósticos <u>fofos</u> ou <u>não tão fofos</u>, mas a ideia é nunca mentir num acróstico. Dito de outra forma, encontrar palavras (ou frases) **relacionadas, de verdade**, à pessoa que vocês descrevem

com os nomes das pessoas que a gente conhece

p q r s t u v w x y z

exemplo:

Maravilhosa
Ideal
Magnífica

É um acróstico de MIM (mesma...)

(Tudo bem, estou me elogiando, sim, mas o diário é meu, eu faço o que quiser!)

Meus amigos sempre dizem:

"Sua mãe é super simpática!"...

Na verdade, nunca entendi bem por quê. Mas reconheço que ela não tem só defeitos... o que é um pouco o caso de todo mundo, não?

Super Waffles

Porque, sério, os de minha mãe são os melhores que eu já comi (menos quando fica malcozido e cola nos dentes.)

Oh, não acredito!

Sua expressão favorita. Ninguém sabe por quê, mas meu pai acha a maior graça.

Natal

Porque ela me dá, ao menos, um presente legal no Natal, mesmo se, na maioria das vezes, os outros são inúteis.

Íris

Vocês entenderam? Minha mãe se chama SONIA.

Sua flor preferida. É por isso que Íris é meu segundo nome. (Felizmente, ela não prefere os gerânios!)

Alegre ☺

Principalmente quando joga frescobol na praia, se irrita e joga areia para os lados, porque não consegue rebater nenhuma bola. Depois, fica feliz da vida e reclama mais ainda.

Acróstico não fofo com o nome da minha mãe

Pena que ela não tenha um nome mais longo, tipo Geraldina ou mesmo Maria Antonieta, porque eu tenho muitas ideias!

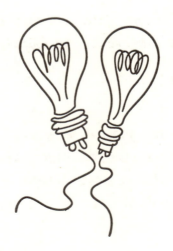

SARDINHAS EM ÓLEO
É o que ela parece quando se besunta de óleo, na praia.

OVO PODRE
Como a cor de sua nova tinta de cabelo. Chega a doer nos olhos!

NULA EM XADREZ
Bem, porque ela é mesmo muito ruim no xadrez. Não entendeu até hoje que o bispo avança na diagonal.

INSPETORA DE DEVER DE CASA
No caso dos meus deveres de matemática.

$2x+3y$

AI… COMO MINHA MÃE É CHATA!
Esse pensamento me persegue, no mínimo, umas 150 vezes por semana.

rfff…

eu te amo mesmo assim mamãezinha ♡♡

Mesmo que isso seja bem raro, ele é legal às vezes... principalmente nas férias.

J ARDINAGEM

A coisa que ele mais faz, depois de falar do trabalho, é claro.

E STAÇÃO PREFERIDA: VERÃO

Quando ele está quase sempre de bom humor. Principalmente na hora do churrasco.

A BACAXI

Sua fruta preferida. É por isso que Eva e eu lhe demos de presente um par de meias todo de abacaxis no dia dos pais. Era uma brincadeira, mas, aparentemente, ele não entendeu e usa as meias ao menos uma vez por mês. SOCORRO!

N OVE ANOS

A idade que eu tinha quando, finalmente, ganhei um quarto só para mim... e ele teve uma crise de lumbago pintando as paredes.

> Vocês entenderam: meu pai se chama JEAN.

237

A mesma coisa que minha mãe. Pena que ele não tenha um nome mais longo_ e, principalmente, que não tenha I de Injusto no nome!

(Para ele, eu sou sempre a culpada, e minha irmã, um anjo.)

Já chegou...

Ele fede tanto quando chega da corrida que dá para sentir o cheiro antes de ele entrar no prédio.

Esteticamente, pode melhorar

Usar bigode, francamente, está fora de moda há 5.000 anos.

Austrália

Porque quando ele está de mau humor, eu sonho que ele vá para lá viver sozinho, e não volte nunca mais...

Não seja tão exibido

Tudo bem, é meu pai... mas nem por isso ele precisa sempre saber mais que eu!

Prontinho: todos os filhotes de Nunucha já têm nome. (Eva chegou a fazer, tipo, umas carteiras de identidade inúteis, já que ela mal sabe escrever!)

Como eram ④ gatinhos, e nós somos ④ aqui em casa, Eva fez questão que cada um escolhesse um nome.

NATACHA
Escolhido por Eva. Porque é parecido com Nunucha, e como é filhote dela... enfim, no comment!

BLACK NIGHT
Evidentemente ESCOLHIDO POR MINHA MÃE, que enfia palavras em inglês onde pode.

CHOURIÇO
ESCOLHIDO POR MEU PAI, que não gosta muito de bichos. Agora temos certeza!

CABELO
ESCOLHIDO POR MIM... vocês já sabem. Confessem que é o melhor!

Eles estão superbem. A colcha dos meus pais é testemunha: está completamente despedaçada!

Se não encontrarem novas famílias rapidinho, meu pai pode acabar preso por multigaticídio!

Hoje, finalmente recebemos a **foto da turma**

e, como dizer... O desastre supera todas as minhas expectativas!

Como o alarme do colégio disparou bem na hora da foto, o fotógrafo disparou a máquina na correria.

clic clic   UPS

A maioria dos alunos está fora de foco.

Marilyn está totalmente escondida atrás dos longos cabelos (não alisados). Jonas está de costas, porque estava brigando com Benjamin, que lhe puxava os fios de cabelo da nuca. Charly está com os olhos fechados. Lola está chorando. Marguerite e Solène com cara de pânico. Kevin está atrás do braço de Sébastien e Yûji está espirrando. Atchoum

Vladimir está parecendo, de fato, um astronauta perdido num colégio (bem ao estilo procure o intruso), e minha blusa de losangos roxos e laranja, como previsto:

É SÓ O QUE SE VÊ.

A única que parece contente é a professora Luna. Felizmente, Max botou chifrinhos no alto de sua cabeça. Ela bem que mereceu!!

Luna = grande vacilona

Enfim, essa foto da turma é COLECTOR!
E eu juro que, se a gente tivesse feito de propósito, não teríamos conseguido tirar uma foto tão ruim!

NÃOOOOOO!

Socorro!

Acabei de saber de uma coisa
HORRÍVEL:

Todos os pais de alunos da minha turma têm intenção de comprar a foto!

Isso quer dizer que 21 exemplares dessa foto vão circular em algum lugar do mundo.

AAAAAAAHHHHH!

21 exemplares são
21 a mais por aí!!

Vamos todos ser obrigados a trocar de fisionomia!

meu futuro rosto

Enquanto isso, para relaxar, vou me fechar no quarto e me divertir, fazendo o mesmo exercício que faço todos os anos, atrás das fotos da turma, no lugar onde normalmente se escreve os nomes dos alunos.

Rebatizar os alunos

Para que essa diversãozinha fique interessante, aconselho que vocês associem a cada aluno um nome que reflita o que ele é de verdade.

Dou meu nome como exemplo:

Fafá Barton (FB) ▶ Fada da Beleza

É, eu exagerei um pouco, mas não é minha culpa se tenho essas iniciais. Hi hi!

pode rir, tudo bem! nhá nhá

* Solene BACRI (SB) ▶ Solenemente Boba
* Marilyn PERILLON (MP) ▶ Miss Pretensiosa
* Lola DREUX (LD) ▶ Limite da Debilidade
* Maeva SANTOS (MS) ▶ Madame Silêncio
● Vladimir BUROWSKI (VB) ▶ Viva o Bebê
● Jonas ROLET (JR) ▶ Jeca Roceiro

de sua turma com as iniciais dos nomes

- Sébastien BARRAULT (SB) ▶ Superfraco em Piadas *haha*
- Yuji MOTTO (YM) ▶ YouTube Maníaco ♪♫
- ✱ Marguerite THOMAS (MT) ▶ Muro de Sardas *por causa de seu rosto*
- Maximilien LANTIER (ML) ▶ Mega Lerdado
- Alexis ARBILLOT (AA) ▶ Ás dos Ases
- Benjamin RAYMOND (BR) ▶ Best of Ridiculous
- Kévin VANIER (KV) ▶ Ketchup Verde
- Vagner TANIER (VT) ▶ Vagão de Toucinho
- Charly FARMOUX (CF) ▶ Cara Fabuloso
- ✱ Chloé MENU (CM) ▶ Campeã de Maratona
- Pascal OURY (PO) ▶ Palerma em Ortografia
- ✱ Linda CHEFSON (LC) ▶ Liberdade Cool

Linda, com os olhos brilhando, pegou a xerox que Vincent (aquele goleiro gato da minha antiga academia de handebol) distribuía na saída do colégio.

Desde que viu Vincent como árbitro do meu primeiro jogo de handebol, no ano passado, Linda se apaixonou por ele. ♥♥ Foi um jogo memorável, porque quebrei um polegar tentando pegar a bola, e também porque decidi parar de ✚ jogar handebol
PARA TODO O SEMPRE. CRAC

254

Vincent começou a tocar guitarra e montou uma banda com dois amigos. Ele só fala disso no Facebook.

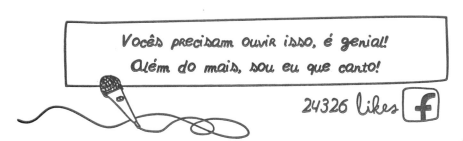

Vocês precisam ouvir isso, é genial! Além do mais, sou eu que canto!

24326 likes

Charly e Pascal conhecem **Lucas**, o baixista da banda, porque os pais jogam tênis juntos. Eles assistiram a um ensaio no subsolo da casa de Vincent, entre a roupa pendurada pra secar e as bicicletas da família. Foi *PITORESCO*, aparentemente!

LUCAS (o baixista)

Pascal tirou algumas fotos com o celular, mas, como estava muito **escuro**, não se via nada, só as roupas no varal em primeiro plano.
(Fotografar é uma profissão!)

Até para as fotos da turma!  clic clac

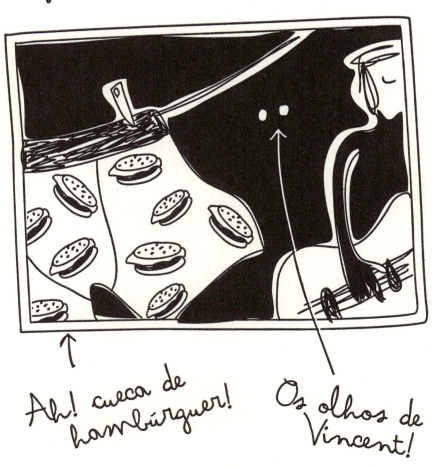

↑ Ah! cueca de hambúrguer!

Os olhos de Vincent!

Marguerite pegou um folheto também e exclamou, loucamente:

EU VOU!
Caso precisem de uma flautista, se quiserem fazer um teste comigo, eu toco uma da Zaz.

É isso aí.
Vai sonhando!

Pascal respondeu que flauta transversa no ROCK não combinava muito, mas Marguerite retrucou:

Por isso mesmo!
Essa é minha força:
a O-RI-GI-NA-LI-DA-DE!

➡ E foi procurar Lola, se achando...
pfff...

DEEP DUSTY

É o tipo de NOME IDEAL para uma banda.
Como diz Pascal: "Dá impressão de banda que vende milhões de CDs, como o Daft Punk!"

Só que Yuji (que fala inglês fluentemente) traduziu DEEP DUSTY para nós.

YÛJI = MESTRE EM LÍNGUAS

DEEP DUSTY = PROFUNDAMENTE POEIRENTO

Assim, logo desvaloriza!

É por isso que várias bandas escolhem nomes ingleses. Pode querer dizer qualquer coisa. Se der a impressão de **"banda que vende milhões de CDs"**, pouco importa. $

Três dias depois, estávamos quase empilhados na entrada de uma oficina cheirando a gasolina, esperando o início do primeiro show dos **PROFUNDAMENTE POEIRENTOS**.

Eu não conhecia nem um quarto das pessoas presentes ali. Eram quase todos do 8° ano, como Vincent, mas vi <u>Marguerite, Lola e Marilyn</u> na primeira fila. Elas pulavam no mesmo lugar (embora o concerto não tivesse nem começado) e riam muito alto para chamar a atenção. **Superempolgadas!**

Um outro passou e disse assim:

- "Ei, meninas, ninguém avisou a vocês?"
- "Não, o quê?" SUPERPREOCUPAÇÃO
- "Aqui não é o show do <u>One Direction!</u> MENOS."

hahaha!

Os amigos do cara riram, e as três meninas se ofenderam tanto que abandonaram os lugares na primeira fila e foram para longe.

Losers...

Aí, de repente, luzes de canteiro de obra se acenderam e vimos a banda no palco. Eu disse o palco, mas... era um reboque. Com um pouco de imaginação, juro que parecia um megashow!

Brincadeirinha!...

O show começou. O som estava ruim demais. Só se ouvia a bateria tum tum tum, e, cada vez que Vincent cantava, dava uma microfonia de furar os tímpanos. Mas todo mundo estava a mil, e, francamente, **não tinha importância COOL**

Linda, Pascal, Charly e eu dançamos feito loucos, remexendo os braços acima da cabeça, e eu vi que, em grupo, era o **MÁXIMO!**

Depois da última música, que se chamava My love (título bem original, nem preciso de Yuji para traduzir!), Vincent apresentou os músicos.

Bem nessa hora, o baterista se levantou de trás da bateria e eu o RECONHECI.

Theo Ulmer não é nada menos que Theo, minha paixonite dos 6 anos, que conheci no Despertar musical e nunca mais tinha visto! Na época, a gente tocava pandeiro juntos!! chikichiki

Fiquei tipo **hipnotizada**. Devia estar com uma cara muito diferente mesmo, porque Linda disse que eu estava **branca**, e Charly me perguntou se estava tudo bem. Em suma, não sei se estava tudo _muito bem_ ou _muito mal_, mas me sentia completamente estranha, com o cérebro pelo avesso.

E eu que sempre pensei que fosse um mito, uma coisa que todo mundo gosta de contar, mas nunca acontece de verdade...

Vou pensar em outro artifício para ganhar um caderno novo, e, então, eu volto.

A NOSSAS PESTOMUSAS, Maïa, Leïla e Julie (a terceira do clã dos A), assim como aos adoráveis pestinhas Simon e Soa.

AOS PIRATAS DE NOSSOS CORAÇÕES: Thibault e Ronan (modelo, mesmo sem saber, do belo Théo Ulmer).

UM PROFUNDO agradecimento a Thomas Leclere e a Béatrice Decroix, que adotaram Fafinha desde o primeiro olhar...

Ela ainda tem muita coisa para contar!

PEQUENA HISTÓRIA DAS AUTORAS DESSE LIVRO:

Em 1982, Virginy derrama a caixa de areia do gato no banho de sua irmã Marie-Anne para se vingar porque, antes, ela tinha rasgado todas as cartas do seu jogo preferido.

"Vocês são umas verdadeiras pestinhas!"

↖ *Isso é a mãe delas quem diz.*

Muitos anos depois, Virginy se tornou escritora, Marie-Anne, ilustradora, e param finalmente com as birras. Então uniram suas pestoenergias para contar a vida de um adorável "anj~~inho~~" chamado **Fafinha**.

DIABINHO

↰ *Sou eu, héhé!*

Impresso no Brasil pelo
Sistema Cameron da Divisão Gráfica da
DISTRIBUIDORA RECORD DE SERVIÇOS DE IMPRENSA S.A.